小說新賞

臺灣外記

原著　清・江日昇
編寫　林佩欣

三民書局

主編的話

在經典故事中成長

我常常思索著，我是怎麼成了一個說故事的人？

有一段我已經忘卻的記憶，那是一個沒有什麼像樣娛樂的年代，大人們忙著養家活口或整理家務，大部分的孩子都是自己尋找樂趣，妹妹告訴我，她們是在我說的故事中度過童年的。我常一手牽著小妹，一手牽著大妹，走到家附近那廢棄的老宅前，老宅大而陰森，厚重而斑駁的木門前有一座石階，連接木門和石階的磚牆都已傾頹，只有那座石階安好，作為一個講臺恰到好處。妹妹席地而坐，我站上石階，像天方夜譚般開始一千零一夜的故事。

記憶中的小時候，我是個木訥寡言的人，所以當小妹說起這段過去時，我露出不可思議的神情，懷疑她說的是另一個人的事。雖然如此，我卻記得我是如何開始寫故事的。那是專三的暑假，對所有要上大學的人來說，這個暑假是很特別的假期，彷彿過了這個暑假就從青少年走入成年。放暑假的第一天，我從北部帶著紅樓夢返家，想說漫長的暑假適合讀平日零碎時間不能完整閱讀的大部頭。當我花了兩個星期沒日沒夜看完紅樓夢，還沒從寶黛沒有快樂結局的悲悽愛情氛圍中脫身，突然萌生說故事的衝動，便在酷暑時節，窩在通鋪式的臥房，以摺疊成山的棉被權充書桌，幾個下午就完成我的第一篇短篇小說、我說的第一個故事。寫完時全身汗水淋漓，用鉛筆寫的草稿也被手汗沾得處處字跡模糊，不過我不擔心，所有的文字都在我腦海中，無需辨認。之後我又花了幾天把草稿謄在稿紙上，投寄到台灣日報副刊，當那個訴說青春少女和遲暮老人忘年情誼的小說變成鉛字出現在報紙副刊，我知道我喜歡說故事、可以說故事，於是寫了一篇又一篇的小說，直到今天。

原來是經典小說帶領我走入說故事的行列，這段記憶我始終記

得，也很希望在童年時代還耐不下性子閱讀原典的孩子們，能和我一樣在經典故事中成長。

雖然市場上重新編寫經典小說的作品很多，但對我這個有兩個少年階段孩子的母親來說，卻總覺得找不到適合的版本，不是太簡單，就是太難，要不然就是刪節得不好，文字不夠精確等等，我們看到了這當中的成長空間，於是計畫進行一套經典小說的改寫版本。

首先我們先確定了方向，保留較多文學性，讓這套書適合大孩子閱讀；但也因為如此，讓我們在邀請撰稿者方面碰到不少困難。幸好有宇文正、石德華、許榮哲等作家朋友們願意加入，加上三民書局之前「世紀人物 100」的傳記書系列，也出現了不少有文采、有功力的寫作者，讓這套書可以順利進行。對於文字創作者來說，創意是珍貴的資產，但改寫工作就像化妝師，被要求照著一張照片化妝，不能一模一樣，又不能不一樣，一些作者告訴我，他們在撰寫這系列的書時，常常因為想寫的和原著不太一樣而卡住，三民書局的編輯也常常要幫著作者把寫作節奏拉回來，好幾本書稿都是初稿完成後，又大幅刪修，甚至全部重寫。辛苦的代價便是呈現在讀者面前的這套書——文字流暢、故事生動，既有原典的精華，又有作者的創意調拌，加上全彩印刷、配圖精美。這是我為我的孩子選擇的一套書，作為他們告別青春期的最佳禮物，希望能和天下的學子、家長們分享，也期待這套「大部頭的套書」，經過作家們巧妙的改寫、賦予新生命後，保留了經典的精神，又比文言白話交雜的原典更加容易親近，讓喜歡聽故事、讀故事的孩子，長大後也能說故事、寫故事，於是中國經典文學的精華就能這麼一代一代傳誦下去。

林黛嫚

作者的話

鄭氏王朝的崛起與覆滅

電影神鬼奇航中，強尼戴普飾演陰陽怪氣的傑克船長，看似漫不經心，油腔滑調，實則心思慎密，大智若愚，他運用奇謀巧智，與其他海賊們角逐海上勢力，展開一場驚心動魄的英雄救美與奪寶大冒險。傑克船長縱橫大海，呼風喚雨的模樣，威風八面、架勢十足，激起了影迷們的滿腔熱血與對大海的嚮往，恨不得能追隨傑克船長，駕駛一艘海賊船，遨遊四海，探索未知的世界。

這部電影叫好叫座，影迷捧場，廠商樂得續集一拍再拍，欲罷不能。為什麼影迷們反應如此熱烈？因為它滿足了人們對大海的無限想像。遼闊的大海，代表著自由與翱翔，驚奇與冒險，被陸地束縛的人們，雖然身體無法脫身，心靈卻可以透過電影獲得宣洩。或許會有理性的影迷認為，海賊、大海、奪寶、歷險，這些只存在於虛構的故事，現實的生活裡，我們只是陸地上庸庸碌碌的一群每天朝九晚五辛勤工作的平凡人。但是，或許你不相信，如同神鬼奇航般華麗的海上大冒險，在歷史上真真實實的存在過。

這個故事發生在十七世紀時的中國東南沿海，故事裡的主人翁甚至比傑克船長更傳奇，他不僅打造了自己專屬的海上王國，王國還延伸到陸地，成為勢力龐大的家族王朝，這個王朝叱吒閩臺海域，奠定了臺灣開發的基礎，讓臺灣的重要性為世人所熟知。這，就是以鄭芝龍為首的鄭氏王朝。

以往，我們對鄭芝龍和鄭成功這對父子的印象，前者是一個橫行中國東南海域的海賊頭子，後來變成利字當頭出賣國家的漢奸；後者則是移孝作忠，不惜與父親反目也要堅持投筆從戎，立誓反清復明的民族英雄。然而，鄭氏父子真的僅能以漢奸和民族英雄這樣狹隘的政治性角度來論斷嗎？

十六、十七世紀時，歐洲人先後駕駛船隊來到東亞海域，爭取貿易權益，為了獲得龐大的利潤，得到與日本和中國做生意的機會，各國競逐海權，奇謀出盡。乘此時勢，中國的商民們也樂於與歐洲人做生意，大發利市。然而，由於明朝廷實施海禁，對外貿易政策朝令夕改，迫使有志於下洋從商，搶搭這波商機的中國商民，遊走於法令的灰色地帶——鄭芝龍就是其中之一。於是，在明朝官員眼中，鄭芝龍成為一個上不了檯面的海賊頭子，危害海防安寧的頭痛人物。然而，如果換個角度，將鄭芝龍放在大時代的格局中思考，我們就會發現，經商手腕高明的他，其實是歷史上第一個與世界潮流接軌的中國人，他看準海權時代的商機，以靈活的手腕，周旋在明朝廷、歐洲人及生意對手之間，精準的眼光與果斷的決策，連明朝官員和歐洲人都俯首稱臣。至於他的後代鄭成功和鄭經，為了籌措反清復明的糧餉與永續經營臺灣，先後繼承鄭芝龍在東南沿海的商業實力，鄭成功將貿易版圖拓展至臺灣，鄭經則將貿易對象拓展至英國人，他們還接力建設臺灣，將臺灣開拓成為一個海外樂土。說鄭氏家族是十七世紀縱橫中國東南海域的王者，一點也不為過。

臺灣外記描寫的就是鄭氏家族從崛起到覆滅的故事，選擇這本書作為經典名著改寫的對象，主要是由於自己喜愛大航海時代時，各國舟船齊聚東方世界的那種充滿羅曼蒂克的異國風情。寫這本書的時候，不論是海上戰爭場景的描述，或是故事人物之間的奇謀鬥智，也大大的滿足了自己無限的想像，讓心中的冒險因子得到抒發的管道。你的夢想是什麼呢？還在為了某些原因裹足不前，遲遲不敢踏出腳步往前邁進嗎？現在就翻開這本書，看看鄭氏家族的勇氣和視野，與胸懷海洋的經略眼光，你就會知道，這個廣闊世界有著無限的可能，或許，下一個傳奇主角就是你喔！

林佩欣

臺灣外記

目次

導讀

大航海時代與鄭氏家族的傳奇

本書根據臺灣省文獻委員會出版的臺灣外記一書改寫而成。原書為清朝江日昇所撰，共分十卷，描述鄭芝龍、鄭成功、鄭經、鄭克塽家族四代發展的事蹟，記載自一六二一年鄭芝龍離開泉州至澳門，至一六八三年鄭克塽降清，其間六十三年間的史事，是作者根據其父談論的明鄭事蹟撰寫而成。江日昇之父江美鼇原為南明將領，最初隸屬鄭芝龍麾下，後改歸鄭成功指揮，康熙年間降清後改任文職，擔任廣東連平知州。江日昇自幼即跟隨父親任官，遊歷四處，對鄭氏家族軼事頗為熟悉，促成他寫此書的動機。江日昇撰寫臺灣外記時，為了使書中資訊能夠讓史官充分利用，特別於書中記錄東南海域島嶼的分布位置、城堡的興起沿革、鄭氏將領的投降、清朝廷的招撫，乃至於沿海地區的戰略地位等，不僅成為該書一大特色，對後世而言，史料價值亦不言可喻。

鄭氏家族興起於十七世紀，那是世界史上一個偉大的時代。由於航海技術進步，歐洲人發現新航路，海權勃興之下，遠東豐饒的物產，促使葡萄牙、西班牙、荷蘭、英國等相繼前來貿易。歐洲人貿易的足跡，北從日本，連接中國東南沿海，往南延伸至東南亞，遠達地球另一端的墨西哥，形成一個綿密的貿易網路。葡萄牙駐印度總督阿布克奇曾經告訴國王說：「與中國通商貿易，可以獲得二十倍以上的利潤！」西班牙大帆船每年從墨西哥前來中國，購買絲綢和南洋香料的白銀，也高達一百二十八噸，可見利潤有多驚人。

儘管明朝廷的海禁政策搖擺不定，但商機如此龐大的國際對外貿易，已經讓明朝廷國庫空前高漲，一五七二年之後，西班牙人的銀錢大量流入中國，不僅充實了明朝荷包，也給蘇杭一帶、福建東南和澳門所在的珠江三角洲地區，帶來了罕見的繁榮景象。中國東南沿海出現前所未有的變局，利之所趨，成千上萬的商人和農民脫離土地，競相投入這種新型的商業行為，成為瓷器、絲綢的生產者或供應者。漳州、泉州等貿易集散地，湧現了出洋下海的風潮，一六〇〇年前後，已經有約一半的福建人離開家鄉到外地謀生。

在這一波歷史的脈動中，身為泉州人的鄭芝龍也不例外的，以一介南安小鎮的平凡年輕人，跟隨先人的腳步，邁開了走向海洋的步伐。他在澳門接受異文化的洗禮，以平戶作為據點拓展商業網絡，繼承顏思齊的勢力成為甲螺，接受明朝廷招撫拓展政商實力，一躍成為稱霸中國東南海域的海上王者。其子鄭成功也不遑多讓，大敗荷蘭收復臺灣，建立反清復明的堡壘。其孫鄭經，在陳永華的輔佐下，在臺灣制訂行政制度，獎勵拓墾，建立孔廟，移植漢人的典章制度與文化。雖然鄭氏王朝最後因權臣亂政而結束，但在臺灣三十八年，為臺灣永續發展奠定了穩定的基礎。

臺灣外記即是研究鄭氏王朝最重要的依據之一，當中對鄭氏家族的描述，被後人引為信史一再傳頌，足見其史料價值。然而，原書雖然鉅細靡遺，卻較為龐雜、瑣碎，難免失焦，且其為江氏父子一家之言，多以清廷官方立場看鄭氏王朝，難免泛政治化，對於鄭氏家族崛起的時代背景，與其在東南沿海國際貿易市場的角色，也沒有著墨。鑑於近年來，大航海時代的臺灣史研究十分興盛，成果可觀，本書改寫時，除了去蕪存菁，保留原書重要史實之外，另參照大航海時代臺灣史的研究成果，增添鄭氏家族崛起的時空背景，以國際視野看鄭氏王朝的興衰，期望能為這本耐人尋味的傳記文學，加入一些嶄新的元素。

本書名為臺灣外記，江日昇為清朝人，直接以「臺灣」之名稱呼臺灣，事實上，臺

灣自站上歷史的舞臺以來，有許多名稱，並無統一。漢人習慣稱為東蕃、北港、大員或臺員。一五四四年，葡萄牙的航海家經過臺灣附近海面，看到臺灣山岳連綿，森林蔥翠，稱讚臺灣是「福爾摩沙」，也就是美麗之島，從此西洋人稱臺灣為福爾摩沙。而日本倭寇在臺灣海峽活動時，見到臺灣青松白沙，像極了日本播州海濱的高砂，因此稱臺灣為高砂國。併入清朝版圖之後，清朝廷設一府、三縣治理，也就是臺灣府，臺灣縣、鳳山縣、諸羅縣等三縣，才正式使用「臺灣」一詞稱呼臺灣。為符合原著精神，本書也一律以「臺灣」一詞稱呼臺灣，為求原汁原味，若干地名也沿用舊稱，笨港為今雲林縣北港；大員，是臺灣南部的內海沙洲，今日已淤積與臺南市連成一片。此外，明朝習慣稱葡萄牙人為佛朗機人，荷蘭人為紅毛人，本書也一概使用時人稱法，以呈現時代氛圍。

寫書的人

林佩欣

政治大學歷史研究所碩士、臺灣師範大學歷史研究所博士班，曾參與國史館、臺灣歷史博物館籌備處、教育部歷史文化學習網等文案撰寫工作，現任臺灣師範大學僑生先修部人文社會科兼任講師。認為歷史不應是獨門事業，將艱深的史料轉換為通俗、有趣的素材，讓讀者閱讀時發出會心一笑，是最有成就的事。著有三民書局「世紀人物 100」系列悲劇英雄：項羽、開疆闢土：漢武帝等書。

臺灣外記

楔子

一陣驚天怒吼，驚擾了平靜的小鎮。

「你說什麼？做生意？」

中年男子氣得漲紅了臉，拿著棍子直追著一名少年打：「不念書，學人家做什麼生意！」

少年怕受皮肉之痛，只見他左躲右閃，非常狼狽，卻還不忘回嘴：「做生意很好啊！村裡很多人出海做生意呢，做生意有趣多了，讀那些什麼之乎者也，無聊死了。」

「你還敢頂嘴！」男子氣得棍子就要重重的打在少年頭上。

「這下完了！」少年心想，不死大概也只剩半條命了。

「好了！好了！兒子長大了，總是有自己的想法啊！」一名婦人緊張的用手扭著手絹，在一旁試著安撫丈夫的怒氣，畢竟兒子決定離開泉州到澳門發展，全是她出的主意。

「哼！都是妳寵出來的好兒子！」中年男子餘怒未消，氣沖沖的將棍子甩在地上，對著倉皇逃出家門的少年咆哮：「你這個不孝子！滾出去就不要給我回來！」

少年連滾帶爬的逃出家門，跑了一段路，回頭看父親沒有再追過來，才停下來喘一口氣：「呼！嚇死我了！這下被逐出家門，無家可歸了，要是沒有什麼成就，該怎麼辦才好？」少年不禁煩惱了起來。

「不管了！天無絕人之路，不出去闖闖，怎麼知道外面的天地有多遼闊呢？」樂觀的他很快拋開這些令人頭痛的想法，吹著口哨踏上旅程。

這名爽朗的少年名叫鄭一官，從現在開始，他人生嶄新的一頁，就要展開。

第一章　泉州男兒平戶崛起

一六二一年，澳門。

這天是貨物進港的日子。

一艘載滿貨物的大帆船緩緩駛進港口，港邊準備卸貨的碼頭工人，早就已經將港口擠得水洩不通，熱鬧不已。

「唷喝！小心點，小心點啊！這可是從南洋來的上等象牙，撞壞了可賠不起啊！」豔陽下，鄭一官在港邊揮汗如雨的指揮工人搬貨，有個工人似乎撐不住貨物的重量，重心不穩，眼看就要跌倒了，鄭一官趕緊扶了他一把，又提醒另一位工人：「老李啊！那箱胡椒已經被天香酒館的胡老闆訂走了，等等記得搬過去給他。」

黃程在旁邊看到外甥鄭一官勤奮又靈活的樣子，高興得眉開眼笑，忍不住想起鄭一官剛來澳門時的情形。

黃程跟這個外甥已經好幾年沒見面了，所以當鄭一官突然來找他時，他非常意外。

「一官，你怎麼突然跑來啦！」

「舅舅啊！我已經跟爹鬧翻了，如果您不收留我，我就沒地方去了！」鄭一官向黃程求救。

「鬧翻？」黃程驚訝的問：「好端端的怎麼會鬧翻呢？是不是你闖了什麼禍，惹你爹生氣啦？」

「唉呀！可以這麼說啦！」鄭一官不好意思的搔搔頭，「還不是我爹那個老頑固，每天要我上學堂念書，偏偏我天生不是個念書的料，學堂教的那些四書五經我怎麼背也背不起來。而且我又不想當官，讀那些做什麼呢？」

「原來是這樣啊。唉！你爹也是為你好啊！鄭家原本就是書香世家，你爹也是個讀書人，當然希望你

能用功念書、光宗耀祖啊！」

「唉呀！舅舅啊，我的個性不適合念書啦！」鄭一官趕緊挨到黃程身邊說：「我啊！最希望和同鄉的前輩一樣，開船到外國做生意。我對做生意真的很有興趣，舅舅您就收留我吧！」

「你也真是的，怎麼可以為了這種事離家出走呢？太不孝了。」黃程表面上把鄭一官念了一頓，實際上，能夠得到鄭一官這個念過幾年書的外甥當助手，內心可高興不已呢。這幾年，黃程在澳門的事業經營得有聲有色，不只是做佛朗機人的生意，也組織船隊到日本和馬尼拉，很需要一個靈活的助手。

「一官，你知道佛朗機人怎麼稱呼咱們這裡嗎？」

「叫什麼呢？」鄭一官好奇的問。

「你看到山上那間媽祖廟了吧？佛朗機人剛來的時候，不知道這裡是什麼地方，隨便抓了一個鄉民問，鄉民以為他問的是媽祖廟，於是就用廣東話跟他說這裡是『媽閣』，從此以後佛朗機人就把澳門叫媽閣啦！」

黃程停了一下，嚴肅的跟鄭一官說：「澳門住了很多佛朗機人，你既然決定在澳門待下來，不學學佛朗機話可不行，不然怎麼跟那些人溝通呢？知道嗎？」

鄭一官聽到這裡，知道舅舅答應收留自己了，不禁大喜過望：「是！我知道了！我一定會認真學，不會讓舅舅失望的！」

「你才剛來，對澳門一定很好奇，我就帶你到處逛逛吧。」黃程對鄭一官說。

澳門是一個萬商雲集的國際港市，被稱為香山澳，是佛朗機人在亞洲做生意的根據地。這裡到處都是黃色瓦頂的房子，還有外國人的教堂點綴其間，其中一間教堂旁有一個六邊形的狹窄鐘樓，錐形頂部四面透風，遠遠就可以看見懸掛在上面的吊鐘。

鄭一官跟著舅舅到街上逛了一圈，驚嘆連連：「佛朗機人的房子真是漂亮！我在老家從來沒有看過這麼奇特的房子。」

這個時候，一對佛朗機人主僕剛好從他們身旁走過，主人頭戴圓頂寬沿帽，穿著半短燈籠褲，身上則是有金屬大釦對襟的華麗緊身衣。身邊跟著一個黑人奴僕，正幫著他的主人撐傘呢。

「這佛朗機人穿得還真好玩！大熱天的，穿成這樣不熱嗎？」鄭一官在心裡偷笑。

走著走著，甥舅倆來到港口。碼頭邊停靠著幾艘帆船，船身前後兩頭高高突起，遠遠望去就像一座樓房。

「哇！那是佛朗機人的商船嗎？真是壯觀！有好幾層樓高吧？」鄭一官驚訝的說。

「你可別小看這種船！」黃程告訴外甥：「這叫做克拉克船，也叫做帆船，聽說是佛朗機人為了到遠方做生意和捕魚發展出來的，前後兩頭設計成像小樓一樣高高突起，這樣海賊就不容易爬上去。而且啊，這種船都安裝好幾門大炮，威力可是非常驚人的。你看，因為船身都塗得黑黑的，所以日本人又稱這種船為大黑船。」

「沒想到一艘船學問這麼多，佛朗機人還真是有兩下子，要是我也有這麼一艘船該有多好？」鄭一官自言自語的說：「為了學到他們的本領，我一定要苦練佛朗機話。」

得到黃程的允許，鄭一官在澳門待了下來，從學徒開始學習，連最低賤的工作也不推辭，就像海綿一樣大量吸收做生意的知識，使他逐漸在澳門站穩腳步。

「時間過的真快，一轉眼，一官來澳門已經這麼久了。」黃程看著鄭一官俐落的背影，心中無限感慨。這段時間內，鄭一官的進步黃程全看在眼裡。鄭一官不只受洗成天主教徒，跟著神父學習了流利的佛朗機話，連自己經商的手法，也學得差不多了，已經是黃

程生意上不可或缺的幫手。

「一官反應快又勤勞，很適合做生意，難得他這麼肯幹又肯學，我應該要推他一把才對。」黃程心裡想著。

趁著中午休息，黃程把鄭一官找來。

「舅舅，您找我？」工作剛告一個段落，鄭一官滿頭大汗，隨手拿條毛巾抹抹臉就來了。

「這些貨都沒問題吧？」黃程跟鄭一官閒話家常。

「我都清點過了，沒問題。」鄭一官說：「這艘船會在港口待到明年六月左右，到時候要運上船的貨我也想好了。除了綢緞和白絲之外，最近瓷器很受歡迎，所以我打算進點上好的瓷器，讓佛朗機人運到長崎去賣。」

「你都盤算好了，很好。」黃程對鄭一官的機靈感到安慰，接著切入正題：「一官啊！我有一批白糖、麝香、鹿皮要運到平戶，在那兒設個商所，你願不願意幫我押船去呢？平戶是個值得一去的地方，相信你可以在那裡有很好的發展。」

「平戶啊？當然好啊！」鄭一官經常從神父那邊

聽說日本的事，不假思索就答應了：「聽說平戶很熱鬧，很多外國商人聚集在那裡做生意。」

「是啊！平戶繁華的程度，澳門根本比不上。日本人稱平戶為西都呢。」黃程說：「日本京都附近的外國商人將貨物輸入日本，都要在大坂的堺港下貨，而平戶繁忙的程度和堺港不相上下，所以被稱為西都。」

黃程接著說：「平戶是一個天然的港口，地理位置和長崎相對，這幾年佛朗機人去了，平戶的發展更是蓬勃。咱們同鄉也有不少到那邊討生活，你去了之後不會寂寞的。」

平戶啊，感覺是個遙遠的地方呢，究竟是什麼樣的世界呢？

鄭一官抬起頭，望著停靠在港邊的克拉克船，迎風飄逸的船帆非常美麗。而他的心早飛向千里遠，幻想自己就是這些商船的主人，乘風破浪航向寬廣的天際，和不可預測的未來。

與黃程談過以後，鄭一官立刻備妥家當，搭上了往平戶的船隻。

「平戶是日本數一數二的大港口呢！」同行的伙伴告訴他：「平戶歷代的統治者為了解決財政問題，對港口建設特別用心，吸引許多外國商船停靠，很多外國人都聚集在那裡。那裡的中國人也很多，尤其是咱們同鄉漳、泉出身的最多。俗話說：在家靠父母，出門靠朋友，你不必擔心沒人照應。」

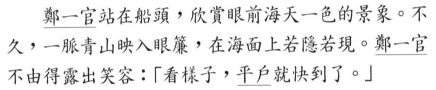

「聽你這麼說，平戶還真是個好地方，真想早點兒抵達平戶呢。」鄭一官笑著說。

鄭一官站在船頭，欣賞眼前海天一色的景象。不久，一脈青山映入眼簾，在海面上若隱若現。鄭一官不由得露出笑容：「看樣子，平戶就快到了。」

船隻航行了好幾天，終於抵達繁華的平戶。

鄭一官抵達平戶後，住在川內埔區，與漳、泉的同鄉為鄰，開始自立門戶買賣生藥，也做起生絲、綢緞和漢文書籍等進口生意。他豪爽的個性到了平戶一樣沒變，總是能輕易的跟人稱兄道弟，不但結交了不少當地的百姓，在平戶藩*的藩士間也建立起人脈。

* 藩：日本江戶時代對於將軍直屬領地以外地區的非正式稱呼。這些地區的統治者稱「藩主」，在領地內擁有一定程度的政治、經濟自決權，其家臣則稱「藩士」。

「一官，你最近有沒有進比較好的絹緞？我太太生日快到了，我想為她做件新衣服。」一位藩士問。

「當然有囉！」鄭一官轉身拿來一匹綢緞說：「大人您看看這匹布，這是從中國來的上好絲綢，柔細光滑，正好襯托夫人的雪白肌膚，她一定會滿意的。」

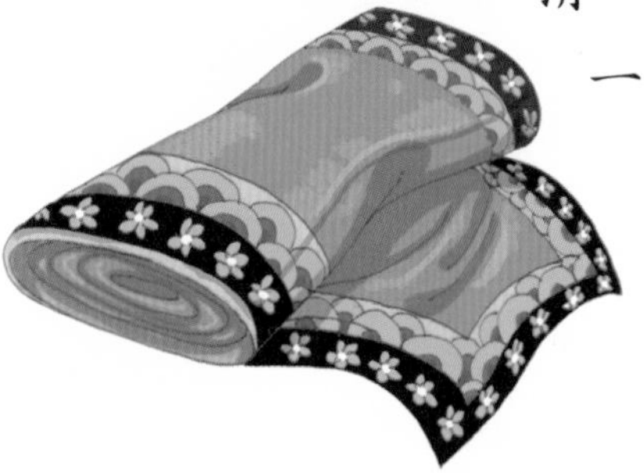

「真的很漂亮呢！要怎麼賣呢？」藩士對這塊絲綢愛不釋手。

「大人夫妻情深，真是令我羨慕。這樣吧！這匹布就免費奉送，當作我為夫人祝壽。」

「這怎麼好意思呢！」藩士受寵若驚：「這匹布很貴吧？」

「衝著與大人的交情，區區一匹布又算得了什麼呢？」鄭一官話鋒一轉：「只是我最近想拓展生意，希望能得到藩主的支持，還請大人您多多幫忙了。」

為了感謝鄭一官，那位藩士趁一次面見藩主松浦隆信的機會，大力推薦鄭一官：「最近來了一個中國年輕小伙子，很伶俐勤快，也很配合藩主的政策呢！」

「喔！有這樣的人嗎？」松浦隆信感到好奇：「這

個人是誰呢？」

「他叫鄭一官。」

「把他帶來，我想跟他聊聊。」

鄭一官早就打探到最近藩主身體有些不舒服，腦筋靈光的他，也早就準備好家鄉上好的生藥，要給藩主留下好印象，只是苦於沒有機會而已。如今聽到藩主召見，心中真是大喜過望。

一見到藩主，鄭一官立刻獻上禮物：「稟告藩主，這是中國上等的藥材，給您補補元氣。」

松浦隆信聽到是中國來的上等補藥，相當開心：「好，好，好，真是周到的禮物啊！」

「不敢，不敢，只是我對藩主的一點心意罷了。」鄭一官恭敬的回答。

一開始就取得藩主的好感，鄭一官緊繃的情緒漸漸放鬆下來，在閒話家常的同時，也忍不住偷偷看了一下四周，發現藩主宅邸戒備森嚴，家臣也不少。

突然，一道美麗的倩影讓他眼睛一亮。

「好美麗的女孩！」鄭一官看得都呆了。

女孩感受到一股灼熱的視線，害羞的低下頭。

松浦隆信看在眼裡，不動聲色的說：「我說一官啊，你在看什麼呢？」

「啊！」鄭一官回過神，一下子不知道該怎麼回應，只能對著松浦隆信傻笑。

松浦隆信笑著說：「這是小松，她是田川大夫的女兒，也是他最得力的助手。田川大夫一家住在平戶港的南邊，是我們全家人的御用大夫。來平戶的外國船員如果生病，也會來找他治療。在平戶，沒有人不知道田川大夫。」接著對女孩說：「小松啊，過來認識認識一官吧！」

只見女孩笑吟吟的，輕柔的對鄭一官說：「一官大人，久仰大名。」

看到田川松這麼一笑，鄭一官好像被雷打到一樣，全身不能動彈。松浦隆信後來對他講了什麼，他再也聽不進去，最後連自己怎麼回到家都不記得了。

晚上，鄭一官翻來覆去怎樣都睡不著，腦海中全是田川松的倩影。

「田川松真是一個美麗的女孩，原來她就是田川大夫的女兒。」鄭一官毫無睡意，將雙手枕在頭下，看著天花板心想：「不知道她是不是已名花有主了？如果能跟她結婚……」想到這兒，他暗暗下了一個決定。

由於做的剛好是進口生藥的生意，鄭一官就利用這個名義，頻繁到田川大夫的醫館拜訪。他用最低的價格，賣給田川大夫最上等的漢藥，博得田川大夫的好感，又費了好一番功夫，才得到美人的芳心，最後終於獲得田川大夫的同意，讓鄭一官與田川松完成了終身大事。

這天，鄭一官起了個大早，打算去港口看他的船卸貨，突然有人從背後拍了他一把：「一官！你要去港口看貨？」回頭一看，原來是比鄭一官早一些時候到平戶的船隻管理員楊天生。

「楊大哥，是你啊！」鄭一官連忙跟他打招呼。「今年從咱們家鄉來的船好像特別多呢！我這次進了不少關於基督教的書籍，聽藩主說將軍下令查緝這些書了，雖然藩主對中國船管得比較寬鬆，但我還是不放心，打算親自去看看。」

「這樣啊！」楊天生沉吟了一下，突然招手要鄭一官把耳朵靠過去：「兄弟，借一步說話吧！」

「什麼事啊？神秘兮兮的？」鄭一官疑惑的側過頭。

「你認識顏思齊，顏大哥吧？」

「顏大哥？我久仰大名呢！」鄭一官回答：「聽說顏大哥是漳州人，在老家被官府欺壓，打死了官府的僕人，才會逃到平戶來。他做人海派，經常疏財仗義，人脈很廣，在咱們這裡挺有名氣的。」

「其實啊，顏大哥最近想找志同道合的伙伴，做一件轟轟烈烈的大事，我很崇拜他，想幫他這個忙。兄弟！怎麼樣？要不要加入啊？」楊天生拍拍鄭一官的肩膀。

「到底是什麼事啊？」鄭一官好奇的問。

楊天生看四下無人，才小心翼翼的說：「其實，我們正在招兵買馬，準備起事。」

「起事？」鄭一官大為驚訝。

「是啊！這幾年來中國人在平戶為日本人貢獻多少心力，但是總得不到平等的對待，」楊天生義憤填膺的說：「顏大哥不忍大家過得這麼苦，想集合眾人的力量教訓一下日本人，為中國人爭口氣！」

「這不是造反嗎？」鄭一官一愣，在心裡盤算：「蹚這個渾水好嗎？嗯……這幾年來，我雖然有點成就，但單打獨鬥畢竟力量有限，如果能得到眾人的支持，人多勢眾豈不是更方便？」

「好！俗話說：在家靠父母，出外靠兄弟。既然是家鄉人，他的事就是我的事，怎麼能不義氣相挺呢？我願意加入！」鄭一官爽快的答應了。

「太好了！」楊天生大喜過望：「下個月月圓的時候，幾個兄弟要一塊結拜，到時候你一定要來啊！」

十五夜，鄭一官依約來到楊天生的家，往裡面探頭一看，可真熱鬧，好多同鄉聚集在這裡，數了數，連自己在內總共有二十八個人。

楊天生一見到他，立刻上前熱絡的跟他打招呼：「兄弟，我介紹顏大哥給你認識認識！」

「原來你就是一官啊！我聽說你很會做生意呢！以後兄弟們就靠你打點了。」顏思齊是個豪爽的漢子，見到鄭一官，客套話不多說，熱情得像認識好多年一樣。

「不敢，不敢！」鄭一官連忙說：「我才要靠大哥們多多照顧呢。」

一陣閒話家常之後，楊天生準備了香燭、素果，由顏思齊率領大家在院子裡對天祭拜，一同朗聲說：「雖然兄弟們不能同月同日生，但願能夠同月同日死。」

「我們兄弟總共有二十八人，就叫做二八兄弟會吧！」有人提出這樣的建議。

「好！就叫二八兄弟會！」顏思齊豪邁的回應，隨後感性的說：「人生就像早晨的露珠一樣短暫，如果不能揚眉吐氣的話，只是在虛度光陰而已，這樣的人生還有什麼意義呢？希望我們互相幫忙，同甘共苦，成就一番事業！」

「是啊！」楊天生接著說：「我們在千波萬浪中冒著生命危險做生意，幕府*卻以逸待勞坐享其成，抽這麼高的稅，實在是不公平啊，我們一定要為中國人爭一口氣！」

「為中國人爭口氣！」

「成就一番事業！」

鄭一官被這股激昂的氣氛感染，連連乾了好幾杯酒，暢飲之中，隱約知道自己的命運，就要因為這場結拜而改變了。

顏思齊等人的起事尚未謀劃妥當，松浦隆信卻已經接到了密報。

「什麼？中國人打算造反？」這個消息，令松浦

*幕府：日本歷史上以將軍為領導者，架空天皇實權的一種政府形式。

隆信相當震怒。

「是。主謀者是顏思齊，他在中國原本是個罪犯，來到這裡一樣賊性不改，想搶奪平戶作他的基地。根據我們的查探，他們有一路人馬準備占據炮臺，一路人馬在西北方接應。」

松浦隆信生氣的說：「傳令下去，立刻派軍隊攻打，一定要給我抓活口，我要好好問問到底是怎麼回事！」

顏思齊等人還在擬定部署事宜，突然有人慌張的跑來通風報信：「大哥！不得了了，我們要起事的事情被發現了，藩主已經派軍隊打過來了。」

「這可怎麼辦才好？彈藥都還沒準備好呢！」聽到這個消息，兄弟們都慌了手腳。

「怕什麼！兵來將擋，水來土掩，我就等著他們來！」顏思齊臨危不亂，非常鎮定。

「但是幕府的大炮很利害啊！」

「大哥，不如先逃吧！」

「是啊！留得青山在，不怕沒柴燒啊！」

眾人你一言、我一語，決定先逃命再說，無奈之下，顏思齊只好順從大家的意見，他對鄭一官說：「一官，你好不容易在平戶娶妻生子，真的要從此跟著我亡命四海嗎？」

「都已經到了這個地步，我絕對不會拋下大哥！小松和孩子住在平戶，有我岳父照顧。只要我們同心協力，聯手打天下，我和他們一定很快就能見面。」鄭一官堅定的說。

「這樣啊——」鄭一官不離不棄，讓顏思齊相當感動：「那我們走吧！希望有一天能昂首闊步回到平戶。」

一群人登船離開平戶，要去哪裡一時也沒有主意。顏思齊有個足智多謀的手下陳衷紀說：「聽說南方的臺灣雖然是個海上荒島，但是地理位置很好，可以控制中國的東南海域，而且土地還很肥沃。我們可以先到那裡安頓下來，開荒闢地，作為我們的據點。」

顏思齊贊同陳衷紀的意見，一行人決定順著北風航向臺灣。

航行了八天八夜，終於抵達臺灣，停靠在笨港。

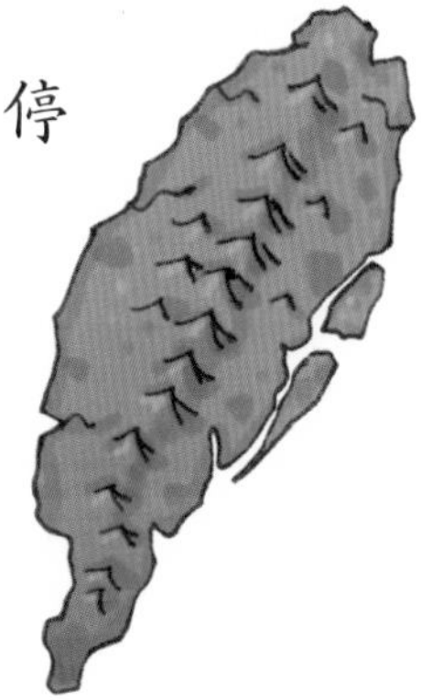

剛到笨港，什麼基礎都沒有，為了生存，顏思齊一夥人開始做起無本生意——在福建打家劫舍，讓沿海居民聞之色變。諷刺的是，沿海地區地狹人

稠，謀生困難，不少居民為了生存，也跑來依附他們。連鄭一官的弟弟鄭芝虎、鄭芝豹，堂弟鄭芝莞等人，也前來投靠，大批遊民也趁機加入。沒多久，這個組織就壯大成一個聲勢浩大的海賊集團。

「搶劫雖然可以求一時溫飽，終究不是長久之計。」鄭一官對顏思齊說：「我們應該利用笨港優越的地理位置，做海上貿易的轉運中心，讓笨港成為漳、泉、日本和南洋各國的航運中心。」

鄭一官更進一步的分析：「臺灣左鄰中國、北接日本、下通南洋，正好在東南海域的中間地帶，地理位置優越，很多外國人都認為臺灣是一個絕佳的貿易地點。除了我們，還有日本人、西班牙人、佛朗機人、英國人、紅毛人也對臺灣虎視眈眈。尤其是紅毛人，他們本來占領澎湖，被明朝官員趕跑後跑到大員，現在正在蓋城堡呢！瞧他們運來這麼多物資，看樣子是要在大員長期居留了。以我在平戶和紅毛人交手的經驗來判斷，他們有國家力量作後盾，相當強勢，不是這麼好應付的。這一刻，他們是貿易伙伴；下一刻，就有可能變成競爭對手。笨港離大員不遠，為了大家的安全，一定要嚴密監控紅毛

人在大員的發展。」

「這個島不是我們獨霸，下一步該怎麼走，一定要好好思考。」鄭一官下了這個結論。

鄭一官擅長經商，又跟外國人作過生意，眼光自然比較遠，顏思齊很贊成他的想法：「兄弟！你就放手去幹吧，大哥會支持你的！」

「有大哥支持，小弟就放心了。」

不過，想吃下航海貿易的大餅並沒有這麼簡單，因此顏思齊讓鄭一官負責規劃這部分，其他人還是以墾殖和招來流民擴充實力為主。

一六二五年，笨港。

時光匆匆，到臺灣已經一年，各項工作都漸漸上了軌道，顏思齊卻在這個時候病逝了。

楊天生以元老的身分召集大家開會：「大哥已經不在了，我們需要新的盟主領導我們。」

楊天生對陳衷紀說：「陳大哥，您輩分最高，對於這件事情，您有什麼看法？」

「嗯，我們的確需要新的領導人，」陳衷紀頗為認同，「但是要用什麼方式推舉呢？」

「小弟有個意見，」一位名叫杲卿的兄弟說話了：「當盟主可不是一件簡單的事，現在正是我們兄弟會還沒穩定的時期，為了不要讓大家在爭奪盟主位子的時候傷了和氣，不如我們一起對天祈禱，輪流將兩個碗往上拋，如果能夠連續兩次擲出聖筊*，碗卻不破的人，就可以當我們的新首領，不知道各位覺得這個辦法怎樣？」

「這是個好方法！」

獲得眾人同意後，大夥在院子裡擺設香爐、燭臺，由楊天生率領祭拜上天：「皇天在上，我們的大哥已經不在了，現在要選出一位新的領導人，如果老天爺覺得哪位弟兄適合領導我們，請給我們一個指示。」

祭拜完後，由楊天生和陳衷紀等元老開始，每個人按照順序向前跪拜之後擲碗。

只見大家將兩個碗擲下後，碗立刻摔得粉碎，沒有一個還能保持完好的。

最後，只剩下輩分最低的鄭一官還沒有擲碗。

*聖筊：在神明前許願或問事時，把兩個杯筊擲出，若呈一正一反，則表示獲神明的同意或將被賜予吉祥的徵兆。

鄭一官祈禱之後，緩緩的將兩個碗拋出。在眾人的注視中，只見那兩個碗一個碗口朝上，一個碗口蓋地，竟然正是一個聖筊！而且兩個碗一點碎裂的痕跡也沒有。

「這怎麼可能呢？」大家都感到很驚奇，屏氣凝神看鄭一官擲出第二筊。結果鄭一官又得到一個聖筊。

「這真是太不可思議了！」陳衷紀順手拿走鄭一官的碗，對天禱告：「如果老天爺認為鄭一官是最好的領導人，請再賜給我兩個聖筊。」結果他也連續擲出兩個聖筊。

其他弟兄紛紛模仿陳衷紀擲筊，也都同樣擲出了聖筊。這樣子來來回回，總共擲出三十幾個聖筊。

這下，大家也不得不服氣了。

「這一定是天意！」陳衷紀說：「我們怎能違背上天的旨意呢？就立一官為新盟主吧！」

陳衷紀輩分高，講話自然很有分量，大家也紛紛表示順從。

「就選個好日子，擁立一官為新盟主吧！」

「初八那天日子不錯！」

「等等！等等！」看著眾人你

一言我一語，討論得非常熱烈，鄭一官不禁傻眼，急忙阻止：「各位弟兄的輩分都在我之上，我怎麼有資格領導各位呢？」

「這可是天意，你就不要再推辭了。」

「可是……這……」

「兄弟啊，你讀過書，會做生意，懂得佛朗機話，聰明、反應快又有見識，你不來領導我們，又有誰可以領導我們呢？」陳衷紀勸說。

「是啊！是啊！當我們的領導人吧！我們都希望能早日闖出一片天啊！」

聽大家這麼說，鄭一官陷入思考：「當上領導人可以盡情做想做的事情，我可以發揮經商的本事，做整個海域的王者，到時誰還敢阻撓我？或許，這樣可以早日跟小松和兒子相見也說不定。」想到心愛的妻兒，鄭一官終於下了決心，接下領導人的大位。

「既然是天意，那小弟就不再推辭了。」鄭一官對眾人拱手致意：「承蒙各位厚愛推舉我為首領，我應該要有一番作為，才對得起大家的期盼。為了未來的發展，我希望上下有嚴明的紀律，各自分工，使我們的兄弟會成為有制度的組織。」接著他要求大家：「第一，我希望設計一面代表船隊的旗幟，作為我們的象

徵；第二，糧餉是我們的命脈，平日必須儲存備用；第三，船隻器械是用來殺敵的利器，不可不堅固銳利，必須時時保養維護；第四，我們需要的是能做決策、能奮勇殺敵的人才，希望兄弟們能依照自己的能力，充分發揮專長。如果能做到以上四點，不要說臺灣這個小地方，即使橫行天下，還有誰敢與我們為敵呢？」

「沒想到兄弟年紀輕輕就這麼有膽識，說起話來這麼不同凡響。」楊天生非常認同。

「膽識跟年紀沒有關係啊！今日聽兄弟一言，我們也願意聽您指揮了。」杲卿接著說。

大夥兒想像著美好的未來，不禁熱血沸騰：「那麼，就選個日子讓一官承接盟主大位吧！」

吉日良辰，金鼓齊鳴、鳴炮三響後，眾人按照順序祭拜天地、山海等各方神明，以及顏思齊的靈位。接著，指揮船豎起嶄新的旗幟，鄭一官登上主位，成為組織的領導人，又稱為「甲螺」。

「事在人為，只要肯幹，我們一定會有一番作為的！」鄭一官雄心萬丈的宣誓。

當了甲螺，鄭一官改名為鄭芝龍，並以芝字排輩，除了自己外，還挑選了親弟弟芝虎、芝豹，堂兄弟芝莞、芝燕，加上異姓兄弟等十八位先鋒，合稱「十八芝」，帶領眾人一步步在臺灣紮下根基。

第二章 稱霸中國東南海域

一六二六年，笨港。

鄭芝龍當上甲螺後，發揮了生意人敏銳的觀察力與講究效率的特性，加上熟悉南洋事務的陳衷紀，與負責蒐集日本情報事務的楊耿，兩人的協助讓鄭芝龍更加熟悉國際環境，知道各國之間的利益糾葛，這些資訊對鄭芝龍發展海上貿易幫助很大。鄭芝龍又整頓原本散漫的組織，購買大量的炮火器械，培養軍事力量，整個組織脫胎換骨，成為一支有系統的海上武裝部隊。

這一年，福建大鬧饑荒，許多遊民無家可歸，鄭芝龍率領部下回老家招兵買馬，趁機擴張勢力。為了保護船隊不被攻擊，他更先發制人攻打明朝的軍隊，俘虜了一百多艘船和將近一萬名的水軍成員，明朝廷在廈門和金門的水軍被打得潰不成軍，幾乎全毀。

打也打不過，又不能睜一隻眼、閉一隻眼，無可奈何之下，福建巡撫朱一馮只好採用招撫的辦法。朱一馮知道泉州知府蔡善繼對鄭芝龍有恩，就請蔡善繼寫信招降鄭芝龍。

「這真是一個麻煩的差事啊！」蔡善繼心想：「一官這小子，混得還真不錯，他的船少說也有四百艘吧？把整個東南海域都占滿了。前陣子朱大人跟紅毛人聯手對付他，卻被他的船反擊，聽說輸得很慘呢！這麼威風八面的海賊首領，有這麼好招降嗎？」蔡善繼苦惱得頭都痛了起來。

但是命令就是命令，無法違背，蔡善繼只好硬著頭皮，派使者對鄭芝龍說：「朝廷想要招撫您，不知道您覺得怎麼樣？」

「如果不是為了生活，誰願意當海賊呢？土地這麼貧瘠，不往海上發展，我們根本活不下去。況且，沒有我們遠渡重洋與外國人做生意，地方也就繁榮不起來，這是大家心知肚明的。」不知來者是敵是友，鄭芝龍只能敷衍應付。

「我知道您委屈了，如果您願意接受招撫，朝廷願意將過去的事一筆勾消，還會授予您官職。」

鄭芝龍喝了一口茶，藉以掩飾他精明的目光：「善繼兄的誠意我已經充分感受到了，請讓一官再考慮個幾天吧。」

「好吧！希望鄭大爺好好考慮。」使者說完就離開了。

接受招撫還是繼續當海賊，這兩個選擇，就像天平的兩端，在鄭芝龍心中擺盪：「當個海賊，在海上雖然呼風喚雨，不可一世，但卻沒有比踏在陸地的感覺實在。何況，接受招撫還是一個極佳的進身之階。」

鄭芝龍想起十八歲時與父親吵架，負氣離家的情景：「當初為了向父親證明不念書也能夠闖出一片天，離家到現在已經這麼多年了。現在不就是衣錦還鄉最好的機會？如果能有個一官半職，要打敗商業對手豈不是更加容易？」

既然已經有了決定，鄭芝龍於是寫了一封信給蔡善繼：「為了不辜負朝廷美意，芝龍一定盡力說服我的弟兄接受招撫。」

隔天，鄭芝龍問了兄弟們的意見：「朝廷有意招撫我們兄弟，我想，過著安穩的生活總比當個亡命之徒好，不知道各位弟兄有什麼意見？」

「我們並不知道朝廷真正的想法，我覺得，與其冒險接受招撫，還是保有原來的舊根基比較妥當。」陳衷紀持反對意見。

老謀深算的鄭芝龍嘴角微微上揚，露出一抹高深莫測的微笑：「朝廷希望我們能解散，接受招撫。為了不讓朝廷起疑心，名義上我們是解散了，實際上還是請您繼續坐鎮笨港。等我得到官職後，會從福建多派一點人手來臺灣開墾。請前輩放心！臺灣是我們的基礎，我不會輕易丟下。還有，受撫的那天，派人如此如此……」大夥兒這才了解鄭芝龍真正的想法，點頭贊同。

一切都安排妥當後，鄭芝龍率領五十多艘船，跟著前來招撫的官員一起進入泉州港。

雖然說是招撫，但形式上，鄭芝龍必須把自己綁起來，做出真心投降、負荊請罪的樣子，這樣朝廷才有顏面。

「大爺真的要冒險嗎？」楊耿擔心的問。

鄭芝虎也憂心的說：「是啊！大哥，真的要去嗎？朝廷如果出爾反爾，那你不就變成甕中鱉，只能任人宰殺了？」

鄭芝龍倒是一派輕鬆：「不入虎穴焉得虎子，放心吧！只是把自己綑綁起來，就能夠換來我想要的官職，也算是筆划算的投資吧！」

招撫儀式在泉州街頭舉行，沒想到，明朝官員讓鄭芝龍在眾人面前跪了大半天之後，才姍姍來遲，身邊還帶了大隊人馬。鄭芝虎和鄭芝豹護兄心切，看苗頭不對，連忙砍斷綁住鄭芝龍的繩子，護送鄭芝龍快速的向港口撤退。

鄭芝龍等人趕到港口，早就有人等著接應。他們一上船，立刻下令發炮往泉州城猛轟。朱一馮見狀，下令部下洪先春追擊，雙方爆發激烈衝突。明朝雖然有優勢的軍力，但鄭芝龍靠著英國大炮衝破明朝水軍的防線，一陣猛轟，洪先春被大炮擊中，受了重傷，被鄭芝龍的人馬俘虜。

「還是不要撕破臉，留一條後路的好。」想了想，鄭芝龍決定放了洪先春，並且交代：「逃走的就不用追了，投降的官兵好好對待，更不許侵擾百姓。」

鄭芝龍在東南沿海和明朝的軍隊交火好幾回，贏得許多場勝利，擒獲盧毓英，釋而不殺；在廈門大勝俞咨臯，同樣規定屬下不殺不掠，並沒有趕盡殺絕，留下有意再與明朝廷談判的訊息。

一六二八年。

新任福建巡撫熊文燦上任，為明、鄭和談帶來了轉機。

「廈門被鄭芝龍攻占了！」聽到這個消息，熊文燦大驚失色。

「這可怎麼辦才好？」熊文燦憂心的想：「廈門是朝廷重要的稅收來源啊！被鄭芝龍占據了，咱們賺錢的門路不就沒了？要打嗎？但目前朝廷的水軍實在沒有力量跟他對抗。」

「你們覺得該怎麼辦？」熊文燦詢問下屬的意見。

「聽說鄭芝龍去年劫走紅毛人一艘滿載白銀的商船，彈藥想必充實得很。」一位下屬老實的說：「如果貿然進攻的話，恐怕勝算不大。」

熊文燦心知肚明，近年來，地方民變不斷，又有女真人侵犯東北邊境，朝廷應付不暇，實在沒有多餘的精力與鄭芝龍周旋。而且多次攻打鄭芝龍都失敗，許多船隊紛紛投靠了鄭芝龍，讓福建財務陷入了困境。除了再次妥協，實在沒有別的辦法。

在評估過情勢之後，熊文燦決定再次對鄭芝龍發出招撫令。

挾著屢戰屢勝的氣勢，鄭芝龍開出和談的條件：「接受招撫可以，但我有幾個條件。第一，我的艦隊要完全保存，由我本人領導，朝廷不可以介入；第二，我不受朝廷管制，朝廷不可干涉我的行動。」換句話說，雖然名義上成了官軍，鄭芝龍還是保有船隊的自主權，就像是一個獨立的王國一樣。

熊文燦聽了這些條件大為震怒，氣得拍桌大罵：「真是太得寸進尺了！」

但是形勢比人強，冷靜下來後，熊文燦還是不得不答應了。「我唯一的條件，就是盡快平定海疆，讓沿海平靜，百姓安寧。」

蔡善繼再次代表朝廷前去招撫鄭芝龍：「巡撫答應了你的條件，並授予你『海防游擊』的官職，負責防衛福建、浙江、廣東沿海，這些正是你船隊最活躍的海域。這麼優越的條件，一官你應該知足了。」話鋒一轉，蔡善繼又對鄭芝龍說：「你還記得小時候用石頭丟我的事情嗎？」

突然被提起小時候的事，鄭芝龍不禁感到有點糗：「當然記得，我小時候貪玩，和同伴比賽丟石頭，不小心砸中路過的您，父親帶我去向您請罪，您不但沒有跟我計較，還給我一大筆賞金。到現在芝龍還很感謝您。」

「你知道我為什麼沒跟你計較嗎？因為當時我覺得你器宇不凡，將來會很有出息。

現在有這個大好機會，希望你好好把握，才不辜負我對你的期待啊。」

鄭芝龍見蔡善繼這麼有誠意，也就接受了招撫，成為明朝官員，人生也邁向另一個高峰。

一六三三年，福建。

鄭芝龍成為明朝水軍後，朝廷成為他的靠山，海上貿易化暗為明，任何在福建和臺灣海域活動的貿易船隻，如果得不到他的庇護和許可，他都可以名正言順的打擊掃除。反過來，只要得到他認可，不管是福建人、紅毛人或是日本人，就可以放心進行貿易。他，鄭芝龍，已成為福建官民海上利益集團的重要人物。

應明朝廷平定海疆的要求，幾年內，鄭芝龍先後剿滅了李魁奇、鍾斌、楊六、楊七等海上勢力，剩下最令他傷腦筋的劉香。

劉香原來是顏思齊的部屬，顏思齊死後逐漸壯大。他神出鬼沒，行動飄忽，搶劫手段兇殘，多次侵犯鄭芝龍管轄的海域，讓福建沿海居民十分困擾。尤其劉香和紅毛人結盟，最讓鄭芝龍感到頭痛。

其實紅毛人會和劉香結盟，是有特別的原因的。

中國出產的絲綢、瓷器等物產，十分珍貴，運到

歐洲或美洲，價錢往往翻了不止二十倍，商業利益驚人。鄭芝龍被招降之後，理所當然的壟斷東南海域的市場，想跟明朝做生意，就必須透過鄭芝龍。

紅毛人對此非常不滿，派駐大員的紅毛人長官普特曼斯決定出兵攻打廈門，逼迫鄭芝龍開放貿易。

紅毛船隊長驅直入，以迅雷不及掩耳的速度發射炮彈，對鄭芝龍的船隊一陣猛轟，鄭芝龍的戰艦反應不及，損失慘重。

鄭芝龍為了反制紅毛人，積極整備軍隊，並命令附近的居民每戶提供一擔木頭與稻草，準備等東風吹起，漲潮之後，就要發動火船攻擊。紅毛人偵查到這個情報後，大為緊張，於是派人積極聯絡劉香，想找個盟友幫忙。

劉香也很積極，馬上就回信給普特曼斯，雙方成為盟友，並肩作戰。

這天清晨，紅毛的士兵還睡眼惺忪，鄭芝龍船隊卻已經悄悄的逼近紅毛船艦停靠的金門料羅灣，算一算，大約有一百五十艘。

鄭芝龍下令，要船隊搶先占據上風的位置，再派出幾艘小船衝過去，拋繩鉤住紅毛人的船艦，然後點燃船上的木頭與稻草。船隻很快的起火燃燒，加上風勢助長，火勢迅速蔓延到其他紅毛人的艦隊，點燃船艦上的火藥，引發一連串的爆炸。鄭軍成功的摧毀好幾艘紅毛人的船艦，紅毛的士兵無力搶救，紛紛跳船逃生。

鄭芝龍接著又命令大戰艦鉤住紅毛人的快艇，待兩船靠近之後，鄭軍立刻跳進快艇，紅毛士兵雖然奮勇抵抗，仍不敵前仆後繼跳上船的鄭軍，最後整艘船都被占領。

劉香看鄭芝龍的軍隊氣勢如虹，用這種敢死隊的攻擊方法，把紅毛人打得落花流水，也顧不得結盟的道義，把普特曼斯丟下就跑了。

「海賊就是海賊！沒有道義！」聽到劉香的人馬逃跑，普特曼斯簡直氣炸了。

普特曼斯看著海面上烈焰沖天，恨恨的說：「鄭芝龍不是來作戰，根本就是想要與我們同歸於盡，這種不要命的打法，我生平還是第一次見到。」見敗勢已

鄭

不可挽回，他立刻宣布：「所有船隻全數撤回大員！」

以驍勇善戰聞名世界的紅毛人艦隊，不敵鄭芝龍的強攻，居然逃之夭夭。這場戰爭，鄭芝龍大獲全勝。

「大哥！打了勝仗，我們一定要好好慶祝慶祝！」鄭芝虎對鄭芝龍說。

「沒什麼好慶祝的。我們的目的不是打勝仗，是要確保商業利益還掌握在咱們手上。你現在派人去跟紅毛人說，只要他們願意認錯，那麼就大事化小小事化無，生意還是照常往來，我們也不會傷害俘虜。」鄭芝龍這麼指示。

紅毛人原意就是要貿易通商，當然很高興的接受了這個建議，鄭芝龍也信守承諾，不久就派了兩艘載滿生絲、陶瓷、糖等貨品的船到大員。不久，鄭芝龍又派人告訴普特曼斯：「朝廷已經發出通行證給幾名商人，相信他們很快就會到大員去做生意了。」

鄭芝龍深知糖果和棍棒雙管齊下的道理，恩威並施，不但可以和紅毛人重修舊好做生意，也可以避免紅毛人再次和劉香合作，腹背受敵。

這場關係到紅毛人和明朝海權之爭的國際海戰，鄭芝龍贏得漂亮。從此，他的聲望越來越高，勢力也越來越擴張了。

眼看鄭芝龍聲勢如日中天，劉香恨得牙癢癢的。自上回海戰，劉香率兵將逃回澎湖，至今還驚魂未定。沒想到又突然接到普特曼斯的通知：「請您離開澎湖，並且讓來大員交易的中國船隻安全通過。」

劉香吃驚的說：「這是怎麼回事呢？不是說好要一起打垮鄭芝龍的嗎？」

使者說：「我們已經達成開放貿易的目的了，所以沒興趣再和鄭芝龍作對。」

「這樣啊——」劉香強壓下滿腔的憤恨，裝作若無其事的說：「既然這樣，我就不強求了。離開澎湖後，我打算到南洋去做點生意。但我和鄭芝龍打仗時損失了很多大炮，能不能賣一些給我呢？」

使者略顯不耐的說：「對於您這個要求，我無法作主。不過就我所知，現在大員沒有大炮存貨，如果您想買的話，到南洋的時候，可以到總公司問問看。」

「可惡的紅毛人，擺明就是想快點擺脫我。」被逼到窮途末路，劉香恨極了，卻只能鞠躬哈腰的送走紅毛使者。劉香在心裡暗暗發誓：「鄭芝龍！我劉香與你不共戴天！這片海域有你就沒有我！」

劉香的反擊果然來得很快。

楊耿接獲情報，趕緊向鄭芝龍報告：「劉香搶劫了一艘商船，還挾持熊文燦的下屬洪雲蒸，現在盤據在銅山附近，準備要來漳州了。」

聽聞劉香終於行動，鄭芝龍非常迅速的下了命令：「立刻要所有停泊在廈門的船隻小心戒備，以免落入敵人手裡！」隨後，他又找來鄭芝豹：「快點派出商船到大員，盡量滿足紅毛人的需求，免得在關鍵時刻又出什麼亂子。」

在大員的紅毛人見到商船運來好多上等的生絲和精美瓷器，簡直欣喜若狂，還以為之前對明朝發動戰爭發揮效果，立刻以高價買了這些貨，殊不知這是鄭芝龍防止腹背受敵的計謀。

安撫好紅毛人，兩大海商鄭芝龍、劉香的決戰，一觸即發。這場戰役，鄭芝龍決定主動出擊，除了自己的船隊，又聯合廣東的水軍，共十艘大船和三十艘小船，加入這次的進攻行動。

雙方人馬在田尾洋遭遇，展開激烈海戰。鄭芝龍利用搭有三、四百個士兵的大船，全速衝撞劉香的船艦後，強行登船；沒想到，鄭軍三、四百人竟然不敵劉香與部眾的全力抵抗，戰到只剩十餘人，犧牲慘重；附近三艘鄭芝龍的船隊見狀，紛紛趕來救援。

多如螞蟻的鄭軍將劉香團團包圍，劉香見敵我懸殊，用刀抵著洪雲蒸大喊：「不要過來！再靠近一步，我就殺了他！」

鄭軍看了，進退兩難，猶豫了起來。

沒想到洪雲蒸是個硬漢，他說：「你們不要顧慮我，快點抓住他，不要失去良機！」說完，脖子竟然直接朝刀子一抹，當場血濺四處，為國捐軀。

劉香失去了人質，自知無力回天，便想同歸於盡：「不要過來！我身上綁了火藥！」

「什麼？火藥？兄弟們！快撤！」鄭芝虎大叫。

話還沒有說完，只聽見轟隆一聲，船上的人被炸得血肉橫飛。

這次海戰，鄭芝龍損失慘重，光是手下就死了六百多人，受傷者更是不計其數，連弟弟鄭芝虎，當時與劉香在同一條船上，也因躲避不及而葬身海底。

不過，這一戰的效益也不可估計。

除去困擾朝廷多年的海賊，鄭芝龍被下旨褒揚，地位更為穩固。劉香死後，東南沿海已經沒有和鄭芝龍抗衡的力量，海上貿易權完全掌控在鄭芝龍的手中，連海賊的船都對鄭芝龍的船隊退讓三分。很多海商為求自保，借用鄭芝龍的令旗，日本、英國、西班牙、紅毛的商船，經過東亞海域時，更得向鄭芝龍繳交保護費。不出數年，鄭芝龍便成為富可敵國的商人，聲威響徹中國東南沿海。

第三章　扶持明室穩定南方

一六四五年，福州。

原名鄭芝鳳的鄭鴻逵，在成為明朝的將領之後，赴北京任職，後來在鄭芝龍的運作下，成為副總兵兼鎮海將軍，奉命鎮守鎮江，是鄭芝龍在朝廷的眼線。這日，鄭鴻逵直闖鄭芝龍的宅邸，大聲嚷著：「大哥！大事不好了。」

「鴻逵？你不是到鎮江去了嗎？怎麼突然來福州了？看你慌慌張張的，究竟發生什麼事？」鄭芝龍詫異的看著弟弟。

「大哥！」鄭鴻逵氣急敗壞的說：「聽說南京被清軍攻破，弘光皇帝已經被清軍殺害了。」

「什麼？」鄭芝龍大吃一驚：「真有此事？」接著心想：自我接受招撫後，明朝國勢每況愈下。兩年前，有闖王之稱的李自成殺進紫禁城，逼得崇禎皇帝在煤山上吊，明朝宗室和一些大臣輾轉向南逃走，決定擁立朱家的後代。去年，從洛陽逃出來的福王朱由崧在南京即位，改年號弘光，即位才一年而已，沒想到這麼快就被清軍殺害了。

「是啊！」鄭鴻逵接著告訴鄭芝龍這幾個月來的觀察：「清軍在叛將吳三桂帶領之下，八月到了北京，把李自成的人馬殺得片甲不留。後來，大清攝政王多爾袞率領征南大軍，急速南下，準備要統一中原。弘光帝在南京城中，對局勢卻漠不關心，貪圖享樂，還要大臣在南京幫他選嬪妃。他會死得這麼悽慘也是預料中的事。倒是多爾袞來勢洶洶，要特別留意。」

「這可真棘手啊！我每年要運大批的生絲和絲織品到長崎，運到馬尼拉的貨也差不多這些數目，生意已經夠忙了，還得防止紅毛人從中搗蛋。眼看局勢好不容易才穩定下來，現在皇帝又死了，這……恐怕會影響我們的生意啊！」鄭芝龍頭痛的說。

鄭鴻逵建議：「現在弘光皇帝已死，接下來為了爭奪皇位，一定會引來一場權力的角逐。聽說唐王朱聿鍵正在尋找支持者，與其讓別人立功，不如我們搶先擁立他，如果他順利即位，將來我們的仕途豈不青雲直上？」

鄭芝龍聞言點頭表示贊同：「如此一來，不但能保有我們長期在福建辛苦耕耘的成果，也可在朝廷占有一席之地。哈哈哈，真是妙計！」

在鄭芝龍家族大力擁護下，唐王在福州即帝位，改年號為隆武。鄭芝龍擁立唐王即位有功，被封為平虜侯，鄭氏家族全都跟著一起擔任官職，讓他更志得意滿。剛加官進爵不久，鄭芝龍又來求見隆武皇帝了。

「啟稟皇上，平虜侯求見。」太監向隆武皇帝呈報。

「有沒有說為什麼來呢？」隆武皇帝對鄭芝龍突然來晉見感到有點詫異。

「沒說，不過身邊帶了一個年輕人，聽說是平虜侯的公子。」

「鄭芝龍帶他兒子來找我幹嘛？八成又是來找我封官吧！」隆武皇帝心想：「這傢伙又不好得罪，既然來了，只得應付應付他！」他滿心不悅的說：「宣！」

「宣平虜侯晉見！」

鄭芝龍帶著他的兒子鄭森行過禮後，稟告：「啟稟皇上，這是小犬，名叫鄭森，才學出眾，是個人才。」

「原來是平虜侯的公子啊！」隆武皇帝看鄭森長得眉清目秀、氣宇軒昂，有武將的氣質，也有書生的斯文，印象非常好，原本不悅的心情也拋去了一半。

「是啊！我從平戶接他回來時，他已經七歲，非常聰明討喜，我為他聘請老師，傳授知識，森兒相當用功呢。」鄭芝龍驕傲的說：「他喜歡閱讀春秋，對孫子兵法也頗有偏好，還擅長舞劍騎射。十一歲的時候，私塾老師以『灑掃應對』為題，讓森兒作文，他寫出了『湯武革命即為灑掃；堯舜禪讓即為進退應對』這樣的句子，讓他的老師感到非常驚奇，常說森兒將來一定是個不簡單的大人物。」

「喔？」喜歡念書的隆武皇帝隨口問鄭森：「你最喜歡哪一本書呢？」

「啟稟皇上，草民最喜歡讀的是心史，作者是草民最欣賞的南宋畫家鄭思肖。思肖原不是本名，在元滅宋後，他才改名『思肖』，暗寓『思趙』之意。後畫蘭花經常不畫土，因為他認為國土已被蒙古人奪去了，無處依附。草民深深被鄭思肖的情懷所感動！現在清人奪去大明江山，正如蒙古侵略大宋一樣。此刻為人臣子的一定要積極奮起，才不會重演鄭思肖的悲劇。」

鄭森侃侃而談，眼中閃爍著光芒。

這番話激起隆武皇帝滿腔的熱血，讓他想起流寇李自成起兵時，自己也曾不顧一切集結軍隊討伐他，維護明朝王室。那時的他好年輕，就像眼前的鄭森一樣！他點頭微笑，又問：「現在江山危急，要怎樣保住江山呢？」

鄭森回答說：「文官不貪財，武官不怕死，則天下可保矣。」

「說得真好！」隆武皇帝聽了龍心大悅：「朕真恨沒有女兒可以嫁給你啊！朕很久沒有這麼開心了，從今以後，就由你掌禁軍，以駙馬都尉行事，這樣你就可以經常在朕身邊，替朕排憂解愁了。」

鄭森恭敬的謝恩後，隆武皇帝接著又說：「承蒙你們鄭氏扶持，朕有幸登基為帝，朕當勤政愛民，積極北伐，不辜負你們的期待。」他轉向鄭森說：「你日後一定會是國家的棟梁，朕賜你朱姓，賜名『成功』，預祝反清復明成功！」

鄭森對隆武皇帝的知遇之恩相當驚喜，不斷磕頭喊著：「謝主隆恩！謝主隆恩！」

鄭芝龍更是滿臉驕傲，在一旁笑得闔不攏嘴。

鄭森獲得隆武皇帝賜姓朱，之後人人便喊他國姓

忠

爺，不過他並未忘本，仍然以鄭為姓，從此自稱鄭成功。

鄭芝龍雖然對其子獲得隆武皇帝賞識感到驕傲萬分，但實際上，鄭芝龍與隆武皇帝理念並不相同，兩人常常意見相左。

大清的攝政王多爾袞為了展現征服中原，徹底剿滅南明勢力的決心，繼續揮軍南下，給南明朝廷不少壓力；隆武皇帝則是一心想向江西和浙江進兵，與當地的反清勢力結合，但鄭芝龍擁有重兵卻遲遲沒有動作。

「鄭卿家，為什麼不快點命令部將出征呢？」隆武帝著急的問：「只要順利攻下仙霞關，到江西和浙江之後，就會有義軍支持我們，到時兩面夾擊，一定可以恢復大明江山。」

「出征！說得真是比唱得好聽，打仗不用花錢嗎？沒有我，你當得上皇帝嗎？整座江山只不過是個空殼子，動兵用餉花的還不是我鄭某人的錢。」鄭芝龍在心中冷哼，表面上卻不動聲色，義正辭嚴的說：「啟稟皇上，我想出征的事情還要從長計議！近來戰火連連，福建的百姓已經吃不消了，現在國庫空虛，又要出兵，只得加重稅賦，如此豈不是更加重了人民的負擔？」

聽了鄭芝龍的話，內閣大學士黃道周一臉不以為然，心想：「哼！海賊就是海賊，只會保護自己的利益，說什麼不願意加重百姓負擔，我看，根本就是不想為戰爭多花糧餉吧！」黃道周冷言冷語的說：「我聽說平虜侯跟日本關係很好，這兩年持續和日本做生意，應該賺了很多錢才對，怎麼會擔心糧餉的問題呢？」

聽黃道周這麼一說，隆武皇帝也起了疑心，鄭芝龍該不會想保住財產才不肯出兵吧？他不滿的說：「鄭卿家，既然糧餉沒有問題，我現在命令你立刻出征！如果懷有貳心，裹足不前，還有王法在！」

「臣領旨。」見隆武皇帝態度堅決，鄭芝龍只好心不甘情不願的領旨。

退朝後，鄭芝龍卻暗中交代鄭鴻逵說：「皇上堅持要出兵，我攔也攔不住。這多爾袞可不是好惹的，我們這樣貿然出兵太危險，到時候折兵損將的還不是我們鄭家！所以，你一出兵就趕緊上奏：『糧餉不足，士兵開始逃亡，這種情況下，我們一定不能出兵，不然恐怕會一敗塗地。』」

鄭鴻逵聽從鄭芝龍的交代，到了仙霞關，果然藉口糧餉不足，不肯繼續往前。

黃道周見鄭芝龍兄弟不合作，便自請出兵抗敵。隆武皇帝准了黃道周，撥給他七千軍力前往江西。

沒想到，黃道周的軍隊不堪一擊，一場戰爭打下來，不僅重要部將陣亡，自己也被清軍俘虜，幽禁在北京紫禁城。

在北京，許多過去與黃道周有舊交的降將，都不停的勸他薙髮*投降，黃道周說：「薙髮？唉！薙髮國打來就必須薙髮，那如果是穿心國打來的話，難道要跟著一起穿心嗎？」說得來勸的人都低下了頭。

隔天，洪承疇帶著多爾袞的旨意來找黃道周勸降。

一見到洪承疇，黃道周沒給他好臉色，語帶諷刺的說：「大白天的難道是見鬼了嗎？松山之役時，洪承疇將軍帶領的大軍已全軍覆沒，他已經為國捐軀了！先帝曾經擺設祭壇，悲傷欲絕的遙祭。這個人已經死掉很久了，你們見鬼了，難道我還要跟你們一起見鬼嗎？」說完，看都不看洪承疇一眼。

洪承疇深受明朝廷器重，清人在東北崛起後，調

* 薙髮：即剃髮。滿族男性的傳統髮型是把前顱、兩鬢的頭髮剃光，僅留下後腦約銅錢面積的頭髮編成一條長辮垂下；漢人的風俗則是成年以後就不能隨意剃髮，不論男、女都把頭髮盤在頭頂。當時清朝統治者，強迫統治下的各民族不僅要改剃滿族髮型，還要改穿滿族服飾，不聽從的人便會被殺。

任薊遼總督，在松山一役與清軍對戰時，兵敗被俘，禁不住清太宗皇太極嬪妃美色的誘惑，變節投降，聽到黃道周帶刺的話，不禁大怒，拂袖而去。

多爾袞見黃道周抗節不屈，越發敬重他，更致力派人招降，黃道周一點都不為所動，多爾袞不得已只好下令將他處死。在送往刑場途中路經東華門時，黃道周索性坐在路邊，不肯再走，他對押解的官兵說：「你就在這裡將我斬首吧，這裡離皇帝所在的位置近一點。」

清朝官吏見他勇者無懼的態度，也大為敬佩：「好吧！那就順了你最後的願望。」

行刑前，黃道周對著皇帝所在的南方，一拜再拜，接著撕破衣服、咬破手指，用鮮血在衣服上寫了一首詩，表明他為國犧牲的不悔情操：「綱常萬古，節義千秋；天地知我，家人無憂。」

最後，黃道周從容就義。

鄭芝龍聽到黃道周被清朝廷斬首的消息，察覺事態不妙。他暗自考慮：自崇禎皇帝在煤山上吊自殺後，有志於反清復明者，擁立明朝殘存的宗室，希望恢復明朝政權。福王朱由崧首先在南京建立政權，但僅僅

一年就被消滅，清朝廷得以控制江南地區。後來，魯王朱以海在浙江紹興自稱「監國」，不久，自己也在福州擁立唐王朱聿鍵為隆武帝，這兩股反清勢力各自為政，互不合作，也互不承認。但如今反清勢力被各個擊破，形勢至此，再不合作恐怕難有發展。

鄭芝龍果斷的勸隆武皇帝與魯王合作，以爭取更大的生存空間。

「皇上，臣以為現在清軍氣勢正盛，兵強馬壯，如果我們沒有完善的部署，實在不該輕舉妄動。您看，大學士就是一個血淋淋的例子啊。」鄭芝龍苦口婆心的說。

「鄭卿家，別再說了！朕打算出兵前進江西與浙江，只要與當地的義士合流，一定可以收復大明江山。」隆武皇帝不為所動，執意北伐。

「皇上，請您三思！臣主張結合外援，靜待時機。」鄭芝龍苦勸：「據臣所知，在紹興監國的魯王相當有誠意，想與我們合作，如果我們可以將兩股力量合流，一定可以反抗大清。」

「這樣啊——讓我考慮考慮吧！」隆武皇帝嘴巴上這樣講，心裡卻想著：「哼！合作？那事成之後誰來當皇帝呢？皇帝只有我一人，只有我有資格號召天下，要我承認魯王是不可能的。」

隆武皇帝話鋒一轉，對鄭芝龍說：「大學士會遭遇不測，是因為只帶了七千兵力，如果他有十萬兵馬，現在早就跟各路反清勢力會合了。」

鄭芝龍聽出隆武皇帝暗諷他坐擁重兵卻不積極北伐，暗自發怒，不再建言，也不打算發兵相助。

隆武皇帝不聽鄭芝龍的勸告，執意出兵，打算進入江西，哪知剛出兵不久，清兵也隨後追到，隆武皇帝很快就被俘虜，不久之後便被清兵斬首。

第四章 鄭氏父子分道揚鑣

一六四六年，北京。

鄭芝龍明知南明形勢危急，不但沒有積極反攻，還命部屬撤守仙霞關，此舉給清朝廷無限聯想。

清朝廷南征總指揮博洛寫信告訴攝政王多爾袞：「鄭芝龍主動從仙霞關撤守，末將認為鄭家軍並無意與清朝廷為敵，我們可收買鄭芝龍，以助完成統一大業。」

「真是太好了！看來鄭芝龍是一步活棋。」看完信，多爾袞喜出望外，立刻找來洪承疇商量。

洪承疇對多爾袞獻計：「南明唐王之所以能稱帝，兵馬錢糧都是出自鄭芝龍之手，不如策劃賄賂鄭芝龍，告訴他如果大清可以順

利拿下版圖，就賜給他王爵，這樣的話他一定會棄暗投明，到時福建就可不費吹灰之力拿下，浙中的勢力也會全部瓦解。」

多爾袞聽了大為高興：「洪卿家的建議真是太好了，我們的水軍實力遠不及鄭芝龍，聽說縱橫各地的紅毛夷都曾敗在他手下，為患多年的倭寇和海賊，也都被他平定了。這樣看來，在整個沿海地區，鄭芝龍是所向無敵的。如果這件事情可以成功，你們就是開國第一功臣！此事應盡速進行，不要拖延。」

「臣遵旨！」洪承疇領命，立刻著手進行。

福州。

這天，鄭芝龍收到一封從北方來的信，攤開一看，是洪承疇派人送來的招降信：「我對將軍您扶持明室的決心感到相當佩服。人臣事主理所當然，如果能有所作為，一定竭盡心力；但力量花盡了還不能勝天，那麼棄暗投明乘機建功，這才是豪傑該有的作為啊！如果皇帝沒有輔佐的價值，這麼竭盡心力做什麼呢？現在兩廣地區尚未平定，還得仰仗將軍之力。我已令人鑄好閩粵總督的印信等待您。」

鄭芝龍看完信後想：「我看這個局勢，明朝遲早撐不住，得另謀出路才行，否則這幾年好不容易建立的基業只怕毀於一旦。龐大的家族都靠我維持生計，如果我垮了，這些人怎麼辦呢？」

鄭芝龍根本無意抗清，擁立唐王只是為了擴充勢力，得到福建的兵馬錢糧。清朝廷用閩粵總督的職務利誘他，讓他有了通敵降清的打算。

鄭芝龍問家人：「皇上已經殉難，眼看清兵就要兵臨城下，不知大家對這樣的時局有何看法呢？」

「我們都聽大哥的，不知道大哥有何決定？」鄭鴻逵回答。

「既然這樣，我就直說了。」鄭芝龍將洪承疇的信攤開，指著「我已令人鑄好閩粵總督的印信等待您」這行字，告訴眾人：「我考慮接受大清招降。」

「大清開出來的條件這麼好，真的會履行嗎？」鄭鴻逵懷疑的問。

「從各個降清將領都受到重用的待遇來看，應該不假，何況洪承疇是我們的同鄉，親不親故鄉人，照理說沒有陷害我們的理由。」鄭芝龍很有信心。

聽到這番言論，鄭成功再也忍不住，慷慨激昂的說：「明眼人都看得出來，他們重用前朝大臣，只是因為天下未定，以此來招攬人心！父親，您握有重兵，千萬不可以輕易投效敵人。以我來看，閩粵之地不容易治理，我們應該鞏固既有根本，大開海道，開港通商，充足糧餉，選將練兵，號召天下，擇日一舉反清，恢復我大明江山。」

「話可不是這樣說，」鄭芝豹持不同看法：「明朝氣數已盡，被攻下是遲早的事情，我們家族基業這麼雄厚，應該趁早打算才是。」鄭芝豹轉向鄭芝龍繼續說：「大哥，如果現在不投降，到時候清軍打到福建，破壞了我們在福建的基業，多年來的貿易利益毀於一旦，那時後悔也來不及了。」

「芝豹說的很有道理。」鄭芝龍點頭稱是。

鄭成功激烈的反對：「父親，小心敵人過河拆橋啊！」

鄭芝龍生氣的說：「你這小子懂什麼？你根本就不知道天下大勢啊！大明失勢也不是我願意的，我出錢出力為隆武皇帝效命，他回報我的卻是懷疑和猜忌。如今大明氣數已盡，我們還要繼續堅持嗎？」鄭芝龍眼光來回掃過眾人，接著又說：「能認清時代潮流的人，才有辦法成就一番事業，今日

大清重用我，就一定會禮遇我，如果與他們針鋒相對，一旦失利，到時反過頭請求他們原諒就後悔莫及了！」

「父親嘴巴上說要認清時勢，其實是想保住家產吧，您以為孩兒不知道嗎？」鄭成功反脣相譏。

「森兒！怎麼可以這樣對你父親說話呢？」這下連鄭鴻逵和鄭芝豹也臉色大變。

「我接受明朝招撫，立下多少汗馬功勞，幫他們剿滅海賊，攬了多少生意，但是在他們眼中，我永遠只是個海賊。就算是海賊好了，難道不是為了生計才鋌而走險嗎？你在平戶長大，難道不知道紅毛人都是官府鼓勵他們出來做生意嗎？這樣不知道民間疾苦的朝廷，我可不想一起陪葬。」鄭芝龍忍著氣對兒子解釋。

「自古以來只有父親教兒子要忠心，從沒聽過父親教兒子要有貳心的。今日父親不聽孩兒的勸告，以後若有什麼不測，我只有披麻帶孝為您送終了。」見父親心意已決，鄭成功說罷，氣得奪門而出。

鄭鴻逵安慰說：「大哥，森兒還小，您不要跟他計較。」

「不！這的確是一計險招，清朝廷確實可能對我不利，」鄭芝龍將心情平撫下來後說：「但是，為了家族的利益，我決定單獨前往投降。」

「這太危險了！」鄭鴻逵和鄭芝豹驚呼。

「我也知道很危險，但他們指定要我去，我非去不可。森兒講的不無道理，我決定將船隊和主力部隊全數移到金門和廈門，以防到時清人說話不算話。我不在，以後就多靠你們打點了。」

「大哥——」鄭鴻逵和鄭芝豹兩人一時都不知該說什麼。

兄弟幾人自年輕起一起打拼，今日為了家族的基業，卻必須分道揚鑣，只能感嘆造化弄人。

博洛收到鄭芝龍有意降清的消息，相當高興，不僅將鄭芝龍經過的驛站布置得非常威武氣派，還命令文武百官在郊外迎接，親自遞茶，大開宴席。一連串殷勤的舉動，讓鄭芝龍終於卸下防衛。

鄭芝龍見到博洛立刻說：「將軍，我不該擅自扶持唐王，給大清帶來這麼多麻煩，真是對不起啊！」

博洛安慰他說：「這足以顯示將軍侍主有方啊！可以的話就做，不可以的話就另外選擇主人，良禽擇木而棲，本是理所當然。現在兩廣尚未平定，海濱地方還多有需要麻煩將軍的地方！今日能夠有將軍相助，實在是大清的福氣！」

鄭芝龍聽博洛說得懇切，總算是放下心中的大石頭。但他沒料到，博洛卻私下找來官員吩咐說：「鄭芝龍聰明狡猾，就像牆頭草一樣搖擺不定。今日他單槍匹馬前來，想必還在觀望，不是誠心投降。今天如果讓他離開，一定會惹來許多麻煩。有道是擒賊先擒王，為免夜長夢多，攝政王已經交代了，要盡快將他挾持到北方，以絕後患。如此一來，群龍無首，鄭家勢力很快就會瓦解了。」

博洛假意跟鄭芝龍說：「攝政王想召見你，當面和你請教平定兩廣的事情。」

博洛說得合情合理，鄭芝龍不疑有他，答應面見多爾袞，連夜被帶到北京，沒想到一到北京就被軟禁了。

第五章　投筆從戎起兵抗清

一六四七年，福建。

鄭芝龍本以為降清之後不但得保家業，還能加官晉爵，不料博洛背約，將他帶往北京軟禁，還出兵攻打他的故鄉。

博洛率領滿漢騎兵，對安平展開猛烈的攻勢，宣示：「一定要徹底毀掉鄭芝龍的老巢！」

清軍來勢洶洶，鄭芝豹和鄭芝鵬害怕大清兵力，不敢正面迎戰，決定棄城，轉往海外避難。他們聚集船艦，率領家族大小急急登船，但鄭成功的母親卻不肯離開，不管別人怎樣拉、怎樣勸，都不改變心意，直到聽到大清軍隊兵臨城下，才毅然決然拔劍自殺。

當初鄭成功勸阻父親不成，便帶著部分兵將出走金門，聽聞清軍攻打安平，連忙帶兵趕回救援。途中鄭成功聽到母親自殺的消息，難過得痛哭失聲。

清軍見鄭成功率軍趕至，全軍披麻帶孝，氣勢驚人，不敢再輕舉妄動，趕緊鳴金收兵，回到泉州。

鄭成功親手埋葬母親，舉行了簡單的葬禮後，才收拾悲傷的心情，著手進行盤算已久的計畫。他換上寬大的儒服，前往安平城的孔廟設祭。

孔廟內。

樂生率先擊鼓鳴鐘，昭示祭典正式開始。

鄭成功領頭走入殿內，禮官及將領們隨後魚貫進入。

鄭成功立於祭桌前，獻上祭品後，率領全體將士對著孔子牌位行禮。

鄭成功對著孔子牌位，朗聲說：「孔夫子在上，我，鄭成功曾經是個儒生，在國子監潛心向學，熟讀歷史、經學，原本立志學以致用，以才學報效國家。無奈如今大明已亡，我成了孤臣，再也無法以聖賢書侍奉君主，只有以武功收復失土了。從今天起，我要脫下儒服、穿上戎裝，因此特地來向至聖先師報告。」

祝禱完畢，鄭成功再度向孔子的牌位行禮，隨後，脫下一身儒服，丟到柴火裡，看著火舌慢慢將它吞沒。

柴火發出霹靂啪啦的聲響，鄭成功眼中映著火光，一臉堅定。眾人屏氣凝神望著這一幕，不禁動容。

鄭成功換上兵服和頭盔，氣勢凜然的環顧四方，慷慨激昂的說：「各位！這片孕育過無數聖賢的神州大

地，正被韃子摧殘，韃子*要薙去父母給我們的頭髮，我們能答應嗎？」

「不！身體髮膚受之父母，薙去就不孝！」士兵大聲的說。

「我們的土地可以被韃子侵占嗎？」

「不行！這是我們的江山！」

「讓我們一起驅逐韃子！恢復大明，好不好？」

「驅逐韃子！復我大明！」

「從此刻開始，我將領著鄭家軍和韃子周旋到底，置個人生死於度外，誓死恢復大明江山！」鄭成功宣誓。

觀禮的士兵深受感動，齊聲呼應，視鄭成功為鄭軍新一代的領導人，雖然現場只有數百人，但聲勢震天。此刻起，鄭成功的時代已然來臨。

自鄭芝龍降清後，鄭家勢力分散各地：鄭鴻逵率領兩萬軍隊屯駐金門，掌握鄭軍大部分水軍；鄭成功的堂兄鄭彩、鄭聯兄弟率領十萬軍隊屯駐廈門；還有其他的割據勢力分占舟山、銅山等地。而鄭成功僅有

* 韃子：古代漢人對北方異族的稱呼。

安平這塊寸土之地，地小兵寡，無法施展抱負。因此，當務之急，就是擴展根據地。

部將甘輝建議：「廣州和廈門之間有個島嶼叫做南澳，平虜侯在這個島上經營多年，島上多是平虜侯的舊部屬，我認為可以接管南澳，當作我們的根據地。」

「那就選南澳作為站穩腳跟的第一步吧！」鄭成功採納甘輝的建議，在南澳收編鄭芝龍的舊部，另外募集了數千兵力，厚植實力。消息傳開後，一些明朝舊臣也聚集到這裡，包括曾經在隆武王朝擔任吏部尚書的曾櫻。

曾櫻和鄭芝龍是私塾的同窗，與鄭家交情深厚，鄭成功見到曾櫻，格外激動：「能見到曾尚書真是太好了！」

曾櫻說：「降清的將領越來越多，能有國姓爺這樣堅決抗清的有志之士，我怎能不來效犬馬之勞呢？」

鄭成功說：「抗清的志士並非只我一人，而且他們的實力皆遠在我之上，尤其是堂兄鄭聯、鄭彩占有廈門，軍隊眾多，尚書卻選擇到我這裡，增加了我無比的信心！」

「成敗不在人數多寡，而是在統帥的威望，你在文廟焚燒儒服的事情，令我相當感動。我認為你才是鄭軍真正的領導人。但目前我們地盤有限，廈門這個據點一官經營很多年了，部隊多是一官的舊部屬，如果我們要有所發展，一定要想辦法把這個地方奪回來！」曾櫻鼓勵鄭成功。

鄭成功其實早有計畫，他告訴曾櫻和甘輝：「我想過年後把軍隊移到鼓浪嶼，那裡離廈門不遠，可以就近觀察廈門的情形。」

天從人願，鄭成功順利取得鼓浪嶼後，又進一步廣徵兵員，逐步擴充實力。

「我現在雖然有數千騎兵，但缺乏水軍，如果可以和鴻逵叔叔結盟，我軍實力就可大幅增加。鴻逵叔叔是家庭觀念很重的人，鄭家祖墳所在地又被清軍占領，不如……」鄭成功如此盤算。

鄭成功前去拜訪鄭鴻逵，懇切的問：「我想收復鄭家祖墳所在，但我勢單力薄……您是我最尊敬的叔叔，可否與我結盟成就事業？」

鄭鴻逵慈愛的對鄭成功說：「森兒，難得你還惦記著祖先，不忘本。你七歲時才被大哥接回中國，跟你的弟弟們不太親近，他們對你冷言冷語，以你有一半日本人的血統而嘲笑你，叔叔伯伯們也不太看重你，但你還是非常上進，才有今日的成績。我以前就知道你是個有前途的青年，是我們鄭家的千里馬，我就知道我沒有看錯人。」

鄭鴻逵語重心長的接著說：「我年輕的時候就跟著你父親出生入死，總是不在家中。現在你父親被韃子捉到北京，鄭家不復以往的榮景了，唉！我已經老了，人家說落葉歸根，我也希望百年之後能和列祖列宗葬在一起。既然你有這個心，我一定會全力配合，你放心吧！」

有了叔叔的保證，鄭成功這才放下心中大石，進一步計劃奪取廈門。

廈門是鄭成功的堂兄鄭彩和鄭聯的地盤，但是鄭彩兄弟素來看不起鄭成功，不想和他合作。

為了奪取廈門，鄭成功的部將獻計：「我們在鼓浪嶼駐守四隊艦隊就好，降低鄭聯的警覺心，到時可以如此如此……」。

「真是妙計！就這麼辦！」鄭成功聽完之後，不禁露出微笑。

一六五〇年，廈門。

「報！國姓爺來訪。」值勤的士兵對鄭聯說。

「鄭森那傢伙突然來廈門做什麼？」鄭聯一臉不解。

「聽說是占領了鼓浪嶼，想來跟您打聲招呼。」士兵說。

「聽說鄭森打算奪取廈門作為根據地，今日無故到訪一定有詐，我們要小心提防。」鄭聯的親信提醒。

鄭聯哼了一聲：「一個乳臭未乾的小子，不用放在心上啦！」

親信苦勸說：「不要因為鄭森還年輕就看輕他，你仔細研究一下他調兵遣將的謀略，是有一些想法的。」

「你想太多了，他只是一個嘴上無毛的小子啦！」鄭聯揮手制止親信的喋喋不休：「遠來是客，今天又是中秋夜，傳令下去，傍晚設宴，好好招待國姓爺。」

鄭聯擺了酒席，宴請鄭成功，這場宴席賓主盡歡，貪杯的鄭聯更是喝得醉醺醺。

入夜。

宴席結束後，鄭聯不勝酒力，搖搖晃晃的回房休息，突然在黑暗中亮起一道白光，幾位黑衣人以迅雷不及掩耳的速度衝了上來。

「是誰？」鄭聯想辦法集中醉眼，卻只看到被月

光反射的亮白利刃,就這樣不明不白的成了刀下亡魂。

隔天,鄭聯的屍體被人在草叢中發現,在廈門掀起波瀾。鄭聯的親信懷疑主謀者是鄭成功,準備出兵一決高下。鄭成功早就有準備,第一時間將駐防在鼓浪嶼的部隊全部移駐廈門,準備起事。由於鄭彩領兵進攻浙江,帶走廈門的主力部隊,鄭聯又整天飲酒作樂,根本就不管正事,廈門防務空虛,加上昔日鄭芝龍的部屬又紛紛倒戈,轉依附鄭成功,鄭成功很快控制了廈門。

鄭彩回師之後,見到弟弟被殺,廈門已經在鄭成功的控制下,知道大勢已去,也只能說:「我已經老了,看這些後輩子弟,能夠繼承大志的,也只有森兒而已,我願意全心全意輔佐他。」

鄭彩自動交出兵權，鄭成功也以禮相待，讓鄭彩在廈門終老。

鄭成功與鄭鴻逵結盟，握有金門；接收鄭彩、鄭聯的部隊，取得廈門，將金廈兩島打造為反清復明的根據地，成為中國東南沿海最大的反清勢力。

一六五一年。

隆武皇帝遇害之後，廣西巡撫瞿式耜在肇慶擁立桂王朱由榔，建年號永曆；大學士蘇觀生在廣州擁立隆武皇帝的弟弟朱聿鐭為唐王，建年號紹武。然而，清軍由福建攻入廣州，唐王自殺而死，紹武王朝只維持了一個月；永曆皇帝也逃不過清朝廷追擊的命運，展開四處逃亡的生涯。

大清攝政王多爾袞去世，十三歲的順治皇帝親政後，對南方的殘明勢力展開凌厲的攻勢，命令明朝降將尚可喜進攻廣東和廣西，永曆皇帝只得逃難，並下詔鄭成功：「社稷正在危急存亡之秋，盡快率軍收復廣州。」

鄭成功接到命令，決定交代堂叔鄭芝莞留守廈門，親征廣州。

沒想到，鄭成功前腳剛離開廈門，清朝福建巡撫張學聖立刻召集軍隊，準備攻打廈門。他命令總兵馬得功率領數十騎先遣部隊到廈門探查。馬得功發現廈門軍紀鬆弛，立刻大舉猛攻。

「什麼？清軍攻進來了？」後知後覺的鄭芝莞，聽到這個消息大驚失色。

「是啊！清兵知道國姓爺主力軍都到廣東去了，廈門防務空虛，一舉派軍隊攻進來了！」屬下對鄭芝莞說。

「這可怎麼辦好？」鄭芝莞慌了手腳：「打也打不過，不如……」他吩咐家人和僕役說：「趕快收拾珠寶和值錢的東西放到船上，其他的我們也顧不得了！」

面對清朝大軍壓境，鄭芝莞不但沒有發布作戰命令，反而顧著將財物搬運至私人船艦上，慌忙逃走。守將不在，門戶洞開，張學聖還沒來，馬得功便已攻占廈門。

張學聖原本以為廈門固若金湯，沒想到才數十騎兵，就把這個島占據了，開懷之餘，放任馬得功把鄭芝莞來不及收拾的東西搜刮一空。

廈門遭到襲擊的消息很快傳到鄭成功耳裡。雖然鄭成功的軍隊抵達廣東之後，不僅擊退惠州援兵，還攻下城池，但為了保全根據地廈門，也只好放棄原來

的計畫，回軍和鄭鴻逵聯手收復廈門。

鄭成功的軍隊回師，馬得功見苗頭不對，趕緊落荒而逃，半路卻被鄭鴻逵率領軍隊圍堵。

「馬得功！你好大的膽子，竟敢偷襲廈門，今日落到我手上，諒你插翅也難飛！」鄭鴻逵威武的說。

「這下被逮個正著，該怎麼脫身好？」馬得功暗自盤算，突然心生一計：「難道你不顧家人安危了嗎?」

「你胡說什麼？」鄭鴻逵心中一凜。

「明人面前不說暗話，我知道你家人住在安平哪裡，如果我今日無法全身而退，自然會有人代替我好好『問候』他們。」馬得功卑鄙的說。

「你這個小人！」鄭鴻逵怒極大罵。

馬得功說得似真似假，鄭鴻逵一時之間亂了方寸，為了顧全家人安危，只好放過馬得功，讓他搭漁船逃回泉州。

收復廈門後，鄭成功在廈門召開軍法會議，追究廈門失守之責。

鄭成功對鄭芝莞劈頭就罵：「鄭芝莞！你以為你是我堂叔，我就不敢斬你嗎？我信任你，讓你留守，想不到清軍來犯，你不但不抵抗，還第一個逃！因為你不戰而退，我軍軍餉九十萬兩黃金都被清軍奪走了。」

鄭成功問甘輝：「甘將軍，根據軍法，敵前逃亡，該當何罪？」

甘輝回答說：「一律處斬。」

「好！今日我不斬你斬誰！」鄭成功擲出這句重話。

鄭芝莞不敢置信的說：「你要斬我？我是你堂叔，你也敢斬？」

鄭成功說：「既然是我堂叔，更該以身作則，如果我不嚴懲，如何對部屬交代？」

鄭成功說完，拿起隆武皇帝賜給他的尚方寶劍：「先帝賜給我尚方寶劍，就是要讓我斬天下的昏臣，今天用它來斬你鄭芝莞，讓你知道什麼叫做大義滅親！」說罷，便下令將鄭芝莞處斬。

鄭成功又下令：「把鄭芝莞的頭顱掛在市集，示眾三日。其他擅離職守的軍官，各依情節輕重，處以鞭刑！」

處斬了鄭芝莞，剩下令他頭痛的鄭鴻逵。

「叔叔，馬得功……」鄭成功欲言又止。

「馬得功太過狡猾，縱使我是沙場老將，仍然讓他給脫逃了。」鄭鴻逵編了一個理由。

「是嗎……」見鄭鴻逵不願吐實，鄭成功挑明了

說：「叔叔，讓馬得功脫逃的罪名可不小！我身為一軍統帥，如果徇私，恐怕無法對弟兄們交代。」

出師不利，讓敵人脫逃，根據軍法必須懲處，但對象是從小看著自己長大的叔叔，鄭成功陷入天人交戰。「鴻逵叔叔是我最尊敬的長輩，一路支持我，今日我若以軍法處置他，豈不是不孝？若不處置他，又該如何杜軍中弟兄悠悠之眾口？」

鄭成功左思右想之後，說：「叔叔，今日您放走馬得功，大挫鄭家軍士氣，我不忍心以軍法處置您，但我希望您能交出兵權，解甲歸田。我鄭成功在這裡發誓，不殺盡清兵，從今以後不再與您相見！」

鄭鴻逵自知理虧，只好交出所有兵權及金門，從此退隱白沙。

鄭成功鐵面無私，大義滅親，讓鄭軍戰慄不已，樹立了鄭成功的威信。

在鄭成功忙著調兵遣將，反清復明的日子裡，鄭軍陣營發生了一件大事，當時看來似乎沒什麼影響，後續效應卻足以顛覆鄭氏王朝日後的命運。

「什麼？曾德被施琅抓了？」鄭成功自軍隊視察回來，剛坐下稍喘一口氣，下人送來的熱茶都還沒喝

上一口。就聽到這個消息。他連忙問：「到底發生什麼事？」

「曾德違背您的命令違法走私，施琅將軍依法追查。」下屬老實的回答。

「曾德違法走私固然有錯在先，但他是曾尚書的後人，曾尚書是父親的生死好友，我應當留下他的血脈才是。只是人在施琅那裡，這可麻煩了。施琅負責訓練水軍，權責吃重，平時仗著自己比我年長，對水軍也比我熟悉，常常跟我唱反調，恐怕不是輕易可以說服的。」鄭成功沉吟。

鄭成功交代下屬：「派人傳話給施琅，說曾德我要了！」

施琅收到消息後，告訴傳令兵說：「法律不是我制訂的，犯法的人怎能逃脫呢？如果藩主徇私的話，那麼國家就亂了！為了維護軍紀，本將軍已將罪犯處死了。」

鄭成功聽到曾德被斬，勃然大怒：「施琅未免太過狂妄！明知道我會下令留下曾德，他卻把曾德殺了，豈不是衝著我來？傳令下去，把施琅和他的家人通通給我抓起來！」

施琅得知，大吃一驚：「藩主要抓我？為什麼？我只是依法處理啊！」

屬下勸說：「藩主正在氣頭上，不如先避避風頭，等風頭過了，再向藩主請罪吧！」

施琅只好先離家避一陣子。

鄭成功知道後，更是怒不可抑，下令：「施琅抗旨逃跑，於法不容！給我傳話出去，如果施琅不來投案，我就要他的家人當替死鬼。」

此時施琅正躲在福建，話才傳到他耳裡時，鄭成功已經將他的家人全部殺害了。

施琅痛苦萬分，悲痛的大喊：「藩主！我到底做錯了什麼？我為鄭軍樹立軍威，卻換來滿門抄斬的下場。我要報仇！我一定要報仇！」

於是施琅直奔福建巡撫張學聖位於泉州的住處，打算向清朝投降。

張學聖一聽施琅來降，大為興奮，立刻召見：「你是鄭軍水軍訓練的主事者，鄭家水軍旗號和船隊的編成都是出自你的手，這下要大破鄭寇，指日可待了！」

後來，施琅被清朝廷重用，任命為同安副將，為報滅門的血海深仇而暗暗籌謀。

一六五四年，北京。

清朝廷原以為鄭芝龍投降後，鄭成功也會跟著投降，沒想到鄭成功這麼頑強，一連取得多次勝利，讓清朝廷相當沒面子。

「鄭芝龍！你看你兒子幹的好事！」順治皇帝怒氣沖沖的指著鄭芝龍的鼻子大罵：「上個月，我軍大舉南下包圍海澄，還向紅毛夷買了大炮，打算一舉剷平福建。但鄭成功死守海澄，讓我軍損傷慘重。哼！沒想到紅夷炮還沒辦法讓那小子投降……你說，這事該如何解決？」

「這……」鄭芝龍心裡著實天人交戰，一方面為兒子的表現喝采，一方面也擔心若他一直頑強抵抗，自己恐怕老命不保，左思右想下，只好對順治皇帝說：「不如讓我來想辦法招降他吧！」

「嗯，就交給你了！如果搞不定鄭成功，小心你的項上人頭不保！」

「臣領命！」

幾天後，鄭成功收到父親的來信：「我兒，別來無恙？為父一切都好。承蒙聖恩，既往不咎，更隆恩封賜你為海澄公，管轄泉、漳、惠、潮四府。不久便有使者帶著印信前去，希望你不要讓我失望。」

鄭成功看了父親的信，內心百感交集：「父親為什麼還看不清韃子的把戲，堅持要我投降？難道不怕先前發生的事情再度重演嗎？但是，如果我不同意，父親的性命恐怕……」

鄭成功正猶疑間，大清的使者便帶著「靖海將軍澄公印」的官印來了，他對鄭成功說：「朝廷給您這麼優厚的條件，您還是接受了吧。」

「我的兵馬將士太多，如果沒有安排幾個省給我，恐怕不足安插我的人馬。」鄭成功擔心父親的安危，因此沒有接受，也沒有拒絕，暫時找了個藉口打發使者北返。

沒想到，清朝廷竟再次派使者前來議和，還派來鄭成功的弟弟鄭渡、鄭蔭，以為威脅。

鄭渡痛哭流涕的說：「大哥如果不接受降書，只怕我們全家都會有生命危險，希望大哥慎重考慮。」

鄭成功天人交戰，反覆思索，最後吃了秤砣鐵了心的說：「唉！自古忠孝難兩全，到時候我也只有移孝作忠，著喪服以盡孝道了。」

見鄭成功態度堅定，大清使者只好悻悻然的帶著鄭氏兩兄弟北返。

由於清朝廷軍隊緊追不捨，永曆皇帝持續亡命他鄉，雖沒有與鄭成功見過面，卻對鄭成功相當信任，下召冊封鄭成功為延平郡王，特准鄭成功自行任命官員，方便施政，武官可達一品，文職可達六部主事。不過鄭成功並未自滿，每次拜封官員時，都請明朝宗室在旁觀禮，以示對明朝廷的尊重，他還將廈門改名為思明州，意味著思念明朝故土。

背負著永曆皇帝的期許，鄭成功積極的展開反清行動，首先進攻漳州，接著乘機奪下泉州，一時聲勢浩大，看似頗有可為。沒想到清朝廷派遣三萬大軍進入福建，會同駐紮在當地的清軍，準備大舉進攻廈門。鄭成功斷然放棄已占領的漳、泉兩州，並拆毀城牆，實行堅壁清野的策略，藉此鞏固金門和廈門的防禦。

鄭成功同時派遣部將率領水軍分兩路進擊，一路北上浙江，一路南下廣東，想讓清軍腹背受敵，窮於應付。北上的軍隊連戰皆捷；南下的軍隊卻遭到清軍擊潰，死傷慘重。南征主將黃梧以戴罪之身防守海澄，怕兵敗被究責，竟獻出海澄投降清朝廷。

多年來，鄭成功投注相當多人力、物力建設海澄，將它打造成堅固的堡壘，鄭軍的二十五萬石糧粟，無數的軍器、衣甲、武器，各將領的私蓄等全存在那裡。黃梧投降，等於將鄭家全部家當都送給了滿清，損失極大。更致命的是，海澄是金門、廈門最重要的外圍據點，失去了海澄即失去了金、廈的屏障。

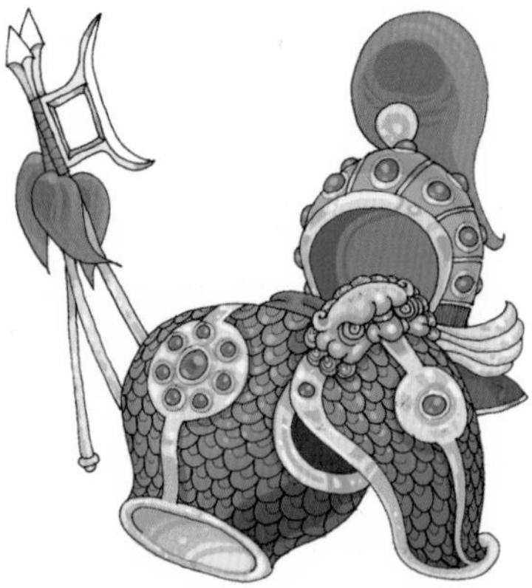

黃梧降清對鄭家勢力的打擊還不止於此。

黃梧深知：鄭成功為了籌措反清復明的資金，深入內陸廣設商業據點，開闢貨源，這些年來與東南沿海居民貿易成為重要的財源。黃梧怕鄭成功報復，於是先下手為強，對清朝廷獻出「平海五策」。清朝廷採納黃梧的建議，祭出嚴厲的遷界令，北到山東、南到廣東，沿海居民被迫遷往內陸三十里，清朝廷還在邊界派軍防守，沿海船隻全都焚毀，不准百姓出海。這個政策不僅苦了沿海的百姓，也阻斷鄭成功與東南沿海居民貿易的可能。

但鄭成功的惡夢還沒結束！休養生息之後，鄭成

功重新部屬，統率水、陸軍十七萬人，與浙東的反清勢力張煌言會師，決定大舉北伐。沒料到大軍進入長江之前，在羊山海域遭到颱風襲擊，損失慘重，只好暫且退回廈門。隔年，鄭成功再次北伐，順利進入長江，勢如破竹的接連攻克鎮江、瓜州，包圍南京，江南一時為之震動。可惜後來中了清軍的計謀，遭到突襲，鄭軍大敗，北伐再度失利。

膠著的戰況讓鄭成功對未來遠景頗為憂心，他心裡盤算：「起兵十多年來，根據地只有廈門、金門等沿海島嶼，雖然可控制海權和外國人貿易，不過畢竟腹地過小，可以發展的空間有限。應該往其他地方發展，才不會受制於清朝廷……臺灣是個不錯的地方，只是不知紅毛人兵力如何部署……」

鄭成功苦思不已時，突然來報紅毛人通譯何斌求見。

「何斌？」鄭成功聽了一愣，「他不是在大員嗎？怎會突然跑到廈門來了？叫他進來。」

何斌滿臉笑容的走進來，一見鄭成功便是恭敬的一揖，心裡卻是打著一個如意算盤：「如果國姓爺能夠趕走紅毛人，我占用大員長官揆一的那些銀子不但不用還，還不怕被追殺了。」

看見何斌詭異的笑容，鄭成功心裡有幾分懷疑，卻不露痕跡的笑著說：「真是稀客啊！不知道什麼風把你吹來了？」

「國姓爺，我們已經一年沒見了吧！」何斌不說明來意，對鄭成功拱手一揖。

「是啊！去年多虧你幫忙和紅毛人斡旋，不然我和紅毛人的生意也不會恢復。」

「哪兒的話！是紅毛人欺人太甚，居然敢和國姓爺作對。況且中國人本來就應該互相照應啊！」何斌喝了一口熱茶，又說：「不過，依我看，沿海貿易幾乎控制在國姓爺的船隊下，紅毛人想跟您作對是不可能的。」

聽到何斌的奉承，鄭成功挑了一下眉，看來是有求於我了。他想：「何斌擔任紅毛人的通譯這麼多年，拿了紅毛人這麼多的好處，突然跑來搬弄紅毛人的是非，事出必有因。我倒要看他玩什麼把戲。」

何斌見鄭成功只是微笑並不答話，自顧自的往下說：「臺灣物產豐饒，土地肥沃，國姓爺難道要眼睜睜看著這片土地被紅毛人占據嗎？」

「臺灣在紅毛人經營之下，基礎穩固，恐怕很難撼動吧。」

「事實並非如此！紅毛人表面上經營得不錯，但實際上，他們的勢力根本不穩，甚至可說是岌岌可危。」

「喔？此話怎說？」鄭成功故作疑惑。

何斌解釋說：「中國人在臺灣的處境，簡直跟奴隸沒兩樣！紅毛人根本不把中國人當人看，他們對在臺灣工作的中國人課以重稅，舉凡農作、漁獵、狩獵、造酒都要課稅，連穀物、砂糖、蠟燭等日常生活用品也要課市場稅、物品稅，大家根本就繳不起這麼多的稅，不滿的情緒已經醞釀很久了！

「就在大家苦哈哈的時候，紅毛人又突然說要將人頭稅提高兩倍！不但如此，還常派遣收稅官吏、士兵利用晚上挨家挨戶查稅，表面上是怕人民逃稅，實際上根本就是趁機敲詐！這樣做怎麼會得人心呢？」

「漳、泉的同鄉，到那裡就是為了求個溫飽，怎會遭到這般待遇呢？」鄭成功心疼的說。

「大員的百姓對紅毛人非常不諒解，一心盼望著國姓爺去拯救他們呢！」何斌激動的說。

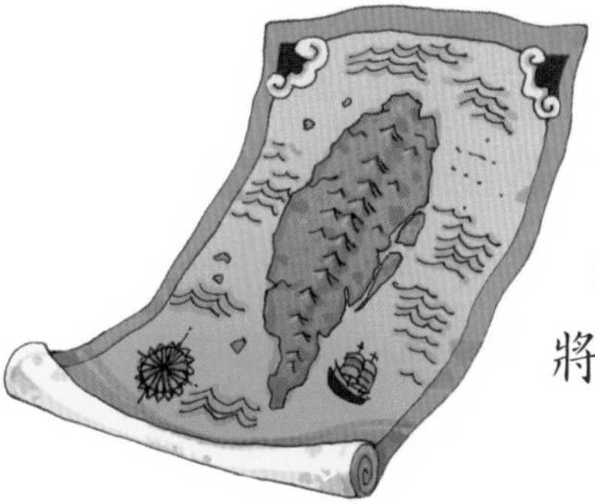

鄭成功面有難色：「可是，我對臺灣的狀況並不了解，貿然出兵恐怕折兵損將。」

「這不是問題！」何斌為了說服鄭成功派兵攻打臺灣，讓他逃過紅毛人追捕，早就有了萬全準備。只見他從袖口中拿出一張臺灣地圖。

鄭成功看了，不由得眼睛一亮，露出微笑。

「國姓爺，這是臺灣的地域圖。您看紅毛人蓋了兩座城堡，一座在大員島，稱做熱蘭遮城；一座在臺灣本島，稱做普羅民遮城，兩座城堡隔海相對，船隻若要通過，都會被監視。但您看，」何斌指著地圖說：「這裡有個小島叫做北線尾島，島的北邊和臺灣本島間有一條小水道，紅毛人將它稱為鹿耳門，這個水道狹窄，淤積嚴重，船行此處，非常容易擱淺。紅毛人以為不會有船隻冒險走這條水道，因此並沒有派兵防守。」

「你是說我們可以從這條水道通過？」鄭成功挑眉。

何斌驕傲的說：「我幫紅毛人做事這麼久，對臺灣每個地方都瞭若指掌！鹿耳門水道平日雖然淤積水淺，但是每年幾次的大潮時期可以行船，只是紅毛人不知道而已。如果上天願意成全，只要能順利登陸臺灣本島，先攻占普羅民遮城，拿下臺灣不過是唾手可得的事情。」

鄭成功聽完低頭沉思，也不打斷何斌滔滔不絕的說占領臺灣的好處：「臺灣沃野千里，氣候適中，只要命人耕種，就不會有糧食匱乏的困擾；雞籠、淡水還有豐富的硫磺，在軍事上也非常有幫助。此外，臺灣地理環境絕佳，可廣開貿易，對外通商。國姓爺如果將士兵及眷屬遷移到那裡，十年生聚、十年教訓，進退都足以和清兵相抗衡，相信國富兵強，指日可待。」

鄭成功抬起頭，眼中露出堅定，他已經沒有任何疑慮了：「我早有前進臺灣的打算，今日聽您一席話，讓我豁然開朗。到時候還得多仰仗您了！」

第六章 驅逐紅毛收復臺灣

鄭成功與何斌談完，立刻召集各將領商討攻打臺灣的事宜。

「自從江南一戰之後，清朝欺負我孤軍勢單力薄，會合南北大軍大舉猛攻，成功仰賴各位的力量，才得以殘存至今。但據於一隅，總難成氣候。」

鄭成功眼光掃過眾人，接著說：「臺灣氣候溫暖，物產富饒，是一個安身立命的好家園，如果我們能夠拿下臺灣，便可與金門、廈門連成一氣，進可攻，退可守。不知道各位覺得如何？」

吳豪首先反對：「藩主，您不是不知道紅毛人部署在臺灣的炮臺有多厲害，而且往臺灣的水道又太險惡，縱然是有奇謀，也怕是白費力氣、徒增損傷罷了。」

黃廷接著說：「臺灣幅員廣闊，只有大員、笨港等地已經開墾，其他地方不知道是否也有那樣肥沃？住在臺灣的土人聽說很兇猛，況且就像吳將軍所說，想進入臺灣，船隻一定得經過炮口，我們躲得過紅毛的猛烈炮火嗎？」

馬信也不贊同：「藩主顧慮的是金門、廈門地小，難以久抗清朝，必須想辦法擴大根據地。但是不知道臺灣是否適合？不如我們先派一支部隊去探勘，如果可取則派大軍跟進，若紅毛人防禦實在堅固，再從長計議也不遲。」

面對質疑的聲浪，鄭成功意志堅定的說：「本藩自從決定起兵抗清，歷經許多困難，一直無法突破局勢，只有守著金門和廈門兩個島嶼實在不保險，敵人隨時都會攻打過來，如果我們能夠拿下東方的臺灣，隔著海峽作為屏障，一定會是一個堅強的堡壘。不入虎穴焉得虎子，為了更長久的打算，希望你們能支持我。」

眾將被鄭成功堅決的眼神說服，點頭同意。

鄭成功宣示：「世子鄭經留守廈門，我要親征臺灣！」接著正色下令：「即日起，加強水師操練和整補船隻！」

「遵命！」眾將領命，全體動員，整肅軍備。

一個月後，鄭成功率領將士兩萬五千人、戰船數百艘，自金門料羅灣出發。

隔天，船隊在澎湖登陸，鄭成功巡視海域後，告訴部將說：「如果可以拿下臺灣的話，澎湖將是一個重要的門戶屏障。」隨後撥下三千兵力和十二艘船隻，留守澎湖。

面對茫茫的大海，鄭成功鼓舞眾人說：「眾人務必竭盡心力，助我一臂之力，讓征臺順利！」

軍眾齊聲答：「是！」聲威震天。

鄭成功下令：「中軍船升起帥旗，全軍出發！」

鄭家軍艦，一字排開，氣勢萬千，浩浩蕩蕩的朝大員前進。

一六六一年，鹿耳門。

臺灣西部外海，有一串南北成列的沙洲，蜿蜒宛如大魚之背，最大的一座沙丘稱為大員。大員和臺灣本島之間，隔著一個叫做臺江內海的港灣，想要從臺灣海峽進入臺江內海，必須通過沙洲和沙洲間的空隙，也就是船隻進港的水道。大員港的水道最深，是出入臺江內海主要的港道。

透過何斌的地圖，鄭成功知道紅毛人在大員港布

鄭

有重炮，想進入臺江內海，不應從那裡通過，他命令船隊航行到大員島北方的沙洲——北線尾島。

到北線尾島之後，船隊稍微停靠休息，鄭成功在外海擺起香案。

為了增加士兵的信心，他算準時間，向上天祝禱：「成功受到先帝隆恩，託付我反清復明的任務，無奈仍然無法光復半寸失土。如果僅是據守金門、廈門，唯恐腹地過小無法安身立命，故而今日成功移師東征，希望能藉著臺灣暫且安頓，讓我們能夠整頓軍隊，完成反清復明的大業。如果上天聽見我的祈求，請讓海面湧起潮水，讓船隻前進，軍隊順利登岸！」鄭成功禱告完之後，海水剛好漲潮。

「漲潮了！我看到水道了！」前方的士兵驚喜的說。

鄭成功見狀，立即吩咐士兵：「到船頭測試海水深度。」

屬下回報說：「託藩主的福，水位比平常高了一丈左右！」

鄭成功見士兵的士氣大振，知道時候到了，立刻命令何斌坐在船頭指點行進方向，所有船艦全速前進！

此時，紅毛人的長官揆一正高坐熱蘭遮城中，突然聽到士兵慌忙稟告：「報告長官！鄭成功的軍隊朝著我們來了！」

揆一聞言，立刻登上瞭望臺查看，只見許多船隻高掛著「鄭」字的旗幟，聲勢浩大的迎面而來。

「原來是鄭成功的軍隊啊。」揆一完全不把鄭成功放在眼裡，笑著說：「哈，這些中國人真是太不知道死活了！我們炮臺上的火藥可充足的呢！就等你們來。到時候連擊幾發大炮，叫你們逃都沒地方逃！」

「是啊！我們的火力這麼強大，從灣口進出的船隻都在我們的射程範圍內。這鄭成功真是太自不量力了！」屬下跟著附和。

不過，揆一沒有得意太久，就發現事情不對勁了：「鄭成功的船隊怎麼一會兒往北，一會兒又往東？難道他們不往這邊來？」

揆一發現鄭成功的船隊正往鹿耳門水道去，他實在很納悶：「他們怎麼走鹿耳門呢？那個水道泥沙淤積，根本不能通行啊！」

不久，鄭成功的船隊沒有阻礙的行駛在鹿耳門水

道上，揆一才察覺大事不妙，隨即命令：「發射大炮迎擊！千萬不能讓鄭成功的軍隊登陸！」

「報告長官！鹿耳門水道在熱蘭遮城大炮的射程外，射不到啊！」又有士兵來報：「海面大漲潮，又颳起大風，鄭成功的船隊已經順利在赤崁登陸了！」

「立刻調派軍隊，由海、陸兩面分頭迎擊！」揆一氣急敗壞的說。

紅毛軍隊還來不及阻止，鄭軍已經登陸，並占領了普羅民遮城的穀倉。隨後鄭軍列陣進兵，準備進攻普羅民遮城，看守城堡的原住民守將貓難實叮，下令開炮攻擊，卻不敵鄭軍的攻勢，開城門投降。

順利取得普羅民遮城，鄭成功由海、陸兩面圍攻熱蘭遮城。鄭軍與紅毛人在外海展開激戰，紅毛人的主力船艦被火藥炸沉，另一艘大船艦也被鄭軍的火船延燒，撲滅後掙脫逃往日本，還有一艘通訊船狼狽逃回巴達維亞討救兵。另一方面，鄭成功命令士兵手持盾牌站在最前線，抵擋紅毛人的炮火，用人海攻勢向熱蘭遮城節節進逼。鄭軍士氣如虹，海、陸兩戰都將紅毛人打得潰不成軍。

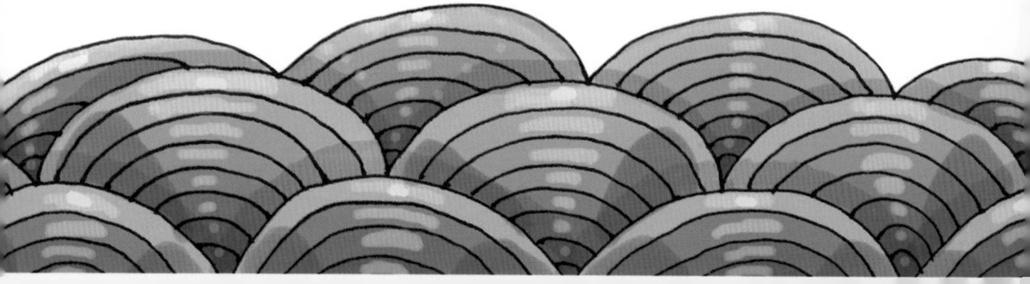

幾天之後，巴達維亞總部的援軍抵達大員，除了六百多名士兵、十一艘軍艦以外，還帶來大量補給品和火藥。鄭家軍和紅毛援軍在臺江內海展開海戰，鄭軍擊沉紅毛人全數軍艦，並奪取船隻數艘，大獲全勝。自此，紅毛人退守熱蘭遮城，喪失主動出擊的能力。

紅毛人相當頑固，守著熱蘭遮城就是不投降，半年後，由於強攻熱蘭遮城不下，鄭軍糧食短缺，鄭成功於是決定改變策略。

鄭成功找來一個降兵，請他吃了一頓大餐，還頻頻勸酒，等那位降兵半醉，才刺探說：「本藩其實也不想為難貴國，只要你們快投降，那就不用多傷人命，可是你們長官實在是冥頑不靈，一直不肯投降。」

「是啊，我就是這麼覺得才投降的。」

鄭成功進一步問：「為了減少你們的傷亡，不知你願不願意告訴我，要怎樣才能逼你們長官投降？」

「為了不讓大家成為揆一長官的犧牲品，我就把這個祕密告訴國姓爺吧！」半醉的紅毛降兵說：「熱蘭遮城附近高地有一個烏特勒支堡，國姓爺只要攻下那個堡壘，就可以居高臨下，那麼熱蘭遮城一定人心惶惶，揆一長官迫於壓力，一定會投降的。」

鄭成功聽了這個情報大為高興，又斟了好幾杯酒，貪杯的紅毛兵終於醉倒了。

隔日，鄭成功親自調來軍中最好的二十八門巨炮，從東、南兩方直轟烏特勒支堡。沒想到打了上百發之後，圓堡還是不動如山，鄭成功不由得佩服的說：「紅毛人建的堡壘果然堅固。」感嘆之餘，鄭成功下令發動更猛烈的轟擊，鄭軍從早到晚連轟了一整天，直到夜幕低垂，終於順利進占烏特勒支堡。

鄭成功取得關鍵性的勝利後，料到紅毛人已經越來越窘困，於是派遣通事李仲入城勸降。

李仲進入紅毛城後，對揆一說：「這裡不是你們的土地，國姓爺的父親早就在這裡打下基礎了，今日前來追討，只是恢復故土罷了。這裡離你們的國家這麼遙遠，哪裡能夠久待呢？國姓爺不忍心加害你們，特地網開一面，除了倉庫裡的東西不許擅用外，其他私人財物，就讓你們帶回去吧！我們已經準備好薪柴、硫磺和油桶了，如果你們執迷不悟，明天我們就用火攻！到時候船毀城破，您就後悔莫及了。」

揆一聽了之後，明白這場戰爭已經輸定了，於是寫了一封信給鄭成功，表示：「我方軍隊願意放棄一切抵抗，先決條件是國姓爺要停火，其次則是要有優惠的報償，我方才願意交出城堡。」

鄭成功同意，立刻傳令停火，要紅毛人留下倉庫中的銀兩、火藥、火炮等戰備資源，其他私人財物全都讓他們帶著，撤離臺灣。

鄭成功不僅贏得這場戰爭的勝利，也展現了十足的氣度。

鄭成功對揆一說：「本藩敬重閣下是條漢子，返回巴達維亞所需的物品，就讓你們運上船吧！至於我軍所俘獲的船隻，也會還給你們。」

他又稱讚揆一說：「在閣下的領導下，紅毛人驍勇善戰，實在是令本藩大開眼界。閣下和其他士兵從臺灣撤退時，可以全副武裝，保持軍人的光榮！」

由於鄭成功並沒有趕盡殺絕，紅毛人得以有尊嚴的離開臺灣。

鄭成功命人擺上香爐、燭臺，告祭山川神祇收復臺灣的訊息，熱蘭遮城升起了鄭成功的旗幟。

紅毛人離開之後，才是鄭成功挑戰的開始。臺灣沒有開發的地方還有很多，百廢待興，鄭成功認為除了要建立政治制度，讓原住民對新政權心悅誠服之外，更重要的是要解決糧食問題。

這天，臺灣各市集出現了一張告示，引來眾人圍觀。

「國姓爺大刀闊斧，把中國的行政制度引進臺灣，之前紅毛人取的熱蘭遮城、普羅民遮城這些不好念的名稱，都被改掉了。」

「是啊！你看，國姓爺還根據大明的行政區劃，在赤崁設承天府，官府在原來的普羅民遮城，並任命驅逐紅毛人有功的楊朝棟將軍為最高行政長官，還設置天興縣和萬年縣這兩個行政中心，分別由祝敬和莊文烈擔任長官。」

「大員聽說要改名叫安平鎮！」

「因為國姓爺是泉州安平人，為了紀念故鄉才這樣改的吧！」

「改成安平好啊！我也是那裡來的，國姓爺這樣改，讓我雖然處在臺灣這片新天地，仍然倍感親切，好像沒有離開過家鄉似的！」圍觀的群眾你一言、我一語，討論的十分熱烈，紛紛點頭稱讚這項措施。

行政制度確立後，

鄭成功接著便積極處理原住民的問題。

鄭成功對將領們說：「臺灣原住民人口數遠超過漢人，必須善加安撫，才不會引起衝突。我們要以謙卑的態度對待原住民，和他們保持良好的溝通。我也會以身作則，經常到原住民居住的部落巡視。」

為了傳遞善意，鄭成功到大員附近各社與原住民的頭目交流，熱情款待他們，還送袍帽和靴帶給他們。

鄭成功又帶領大隊人馬，準備十天份的糧食，到新港、目加溜灣等地巡視。原住民們沒見過這等陣仗，個個嚇得說不出話來。

鄭成功安撫他們說：「本藩不會傷害你們，請各位不要擔心，這些煙和布是見面禮，是本藩一點小意思。」

散居在各地的原住民了解了鄭成功想和平相處的美意，才卸除心防，熱情歡迎他們。鄭成功趁機參觀了原住民村落，發現他們住在用茅草、竹子架成的房子，有感而發的說：「真是一群生活儉樸，樂天知命的人。」

鄭成功感受到他們的善良、儉樸，原住民領會鄭成功的用心，因此雙方和平共存，安居樂業。

一切都漸上軌道後，眼前最迫切的便是糧食的問題。

自黃梧向清朝上平海五策，清朝除下令遷界外，還清查鄭氏田產，沒收鄭氏家族經營的五大商行，造小船騷擾進逼廈門，想盡辦法要斷絕鄭成功的外援。由於清朝的逼迫，臺灣無法自廈門獲得太多物資，鄭軍飽受缺糧之苦。

鄭成功告訴眾將領：「如果沒有充足的糧食，即使親如父子、夫婦，也無法組成一家；即使有忠君愛國之人，也難以治國。臺灣土地肥沃，還有許多地方尚未開墾，如果讓士兵來開墾土地，一方面可以自給自足，一方面可以讓官兵將士休養生息。因此，我決定全力推行屯田制度。等兵多糧足，再靜待時機，大舉進攻滿清。」眾將依令施行，派兵屯墾。

鄭成功親自到南、北各社，頒布開墾條例，鼓勵將士圈地拓荒，還告訴官兵：「本藩三年以後才定稅賦，在這之前你們種出來的東西，都是自己的，要努力啊！」

士兵們聽到三年不用繳稅，開心得不得了，果然賣力闢地耕種。不過，士兵們彼此也互相告誡：「國姓爺交代，墾地以不擾民為最高原則，小心不要侵占到原住民和當地百姓的農地，不然國姓爺怪罪下來可有好受的。」

由於很多地方是新墾地，沒有地名，為了聯絡方便，士兵們自己取起地名來：「取個好記的名字，比較不會搞錯啊！宣毅左鎮屯墾的地方不如就叫左營吧！」

「那中提督前鎮設屯的地方叫做前鎮好了。」

因屯田制度的施行，許多新市鎮漸漸形成。

一六六二年，臺灣安平。

為了讓百姓安居樂業，厚實鄭軍實力，鄭成功馬不停蹄到各原住民的部落、新墾地視察，屬下看了忍不住規勸：「國姓爺，您這樣不停視察，當心體力不支啊！」

「是啊！」另一將領也說：「島上還有多處尚未開發，瘴癘流行，經常有巨蟒出沒，希望國姓爺以軍民為念，保重身體。」

鄭成功搖了搖頭：「就是因為開荒任務艱鉅，我必須更加慰勞士兵們的辛勞；為了協調原住民和漢人的糾紛，本藩不親自出馬也不行。你說，我停得下來嗎？」

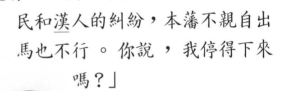

正說著，從中國回來的探子來報。

「快傳他進來！」

聽到有中國的消息，鄭成功精神一振！

只見探子猶豫不決的走進營帳，喊了一聲：「國姓爺——」

「免禮！」鄭成功隨手一揮，急問：「最近中國有什麼消息嗎？」鄭成功一年沒回中國，對家鄉非常思念。

探子猶豫了一會才說：「清朝廷發現鄭老爺與國姓爺有書信往來，懷疑鄭老爺圖謀不軌，已經將鄭老爺和家人全都殺害了！清人還聽從叛將黃梧的建議，毀壞鄭家的祖墳。」

突然聽到父親慘遭不幸的消息，鄭成功傻了。雖然他對父親降清的行為極度不諒解，但對自小疼愛他的父親卻始終相當敬愛。他傷心哭喊說：「父親！如果您早聽我的話，怎會惹來今天的殺身之禍呢？」

對祖墳被毀一事，鄭成功氣得咬牙切齒：「可惡的韃子！你與活著的人有怨，又何必為難死去的人？做出毀壞鄭家祖墳這樣殘忍的行徑。我在這裡立誓，有朝一日我率兵西征，一定要踐踏你這個狗皇帝的屍體，以報此血海深仇，否則就枉為人間大丈夫！」

在極度疲累之下，加上父親死亡和鄭家祖墳被毀的雙重打擊，鄭成功病倒了。臥病在床一陣子，好不容易身體稍癒，誰知道，等著他的又是一連串的打擊。

鄭成功接到長子鄭經岳父的來信：「你的兒子鄭經居然與弟弟的乳母私通，生下一個兒子，你還不聞不問。這樣治家不正，如何治國呢？」信中不但告鄭經一狀，還把鄭成功羞辱了一頓。

鄭成功看到信之後，簡直氣炸了：「這混帳！自小讀聖賢書，所學不就是人倫道德？他居然做出這種亂倫的事來！」

鄭成功立刻派遣部下：「你拿著本藩的令箭回廈門，以治家不嚴的重罪，將夫人董氏、世子鄭經、乳母陳氏，以及剛出生的嬰兒處死！」

留守廈門的鄭泰等將領接到令箭嚇呆了，不敢相信國姓爺居然要處死自己的妻子和兒子，面面相覷：「藩主只是在氣頭上，相信不久就會消氣，不如我們為他們請罪吧？」

鄭成功聽到鄭泰等人幫鄭經講話，氣得不得了：「我治軍向來說一是一，說二是二，說要殺就要殺，怎麼？你們不肯服從我的命令嗎？」

「不是這樣的！」鄭泰連忙寫信到臺灣解釋：「世子還年輕，請藩主網開一面。」

「連我最信任的將領都聯手起來反叛我了，這該怎麼辦才好？」鄭成功憂心的想：「鄭泰既然敢抗命，現在臺灣方面的糧草又由他負責供應，若是他存心背叛，這兒會不會就此斷糧？新墾地的作物都還沒能收成，如果斷糧了怎麼辦？」

想到這裡，鄭成功心急如焚，一刻也不能安心。沒去巡視的時候，常常一個人獨自坐在高臺上，用望遠鏡不斷眺望，看鄭泰派來的糧船是否到達。

這天，鄭成功稍稍受了點風寒，還是強打起精神，登上瞭望臺，看是否有從澎湖來的船隻。連續看了兩天，終於看到鄭泰派遣的糧船抵達，這才放心。

誰知同船軍官又帶來噩耗：「自從國姓爺攻打臺灣以來，清朝廷沒有東南勢力的牽制，便命逆賊吳三桂全力攻打雲南，誓要捉到皇上。皇上雖然勸吳三桂懸崖勒馬，但吳三桂不但不從，還一路追殺，皇上只好逃到緬甸暫避。沒想到，緬甸人害怕逆賊的威嚇，將皇上交給逆賊。如今，皇上……已經遇害了。」

鄭成功聽到這裡，氣急攻心，口吐鮮血，暈了過去。半

晌，他才漸漸甦醒。看著周圍與他一同出生入死的弟兄，鄭成功悲憤的說：「當初我不惜與父親反目，投筆從戎宣誓反清，因為無法取得寸土，退守臺灣，才想與眾弟兄一起打拼，在臺灣圖謀復明大業。沒想到父親被殺，鄭家祖墳被毀，皇上遇難……自己一心想移孝作忠，卻落得忠孝兩空的下場，辜負了眾人對我的期待。唉！我實在……沒臉見你們啊！」鄭成功掩面揮手，要眾人離去。

眾人聽了一時說不出話來，也不知道該怎麼安慰，只好默默退下。

鄭成功經不起家事、國事一連串的打擊，自怨自艾下，舊疾復發，就這樣含恨以終，年僅三十九歲。

第七章 繼承父業深耕臺灣

一六六二年。

鄭成功的猝逝，為剛在臺灣起步的鄭氏王朝帶來巨大的衝擊。

守將黃昭為了鞏固自己的權力，擁立鄭成功的弟弟鄭襲為繼承人，他假立遺詔，在鄭成功去世後第五天，將遺詔貼在赤崁市集中，引來眾人圍觀。

「原來國姓爺遺詔以襲爺為繼承人啊！」

「那世子怎麼辦呢？」

「聽說國姓爺叫世子留守思明州，沒想到世子卻和乳母私通，生下私生子，讓國姓爺氣炸了，下令處斬。雖然鄭泰抗命，讓世子保住一命，但國姓爺怒氣未消，另立繼承人也是情有可原。」

「是啊！世子德性有問題，沒有資格成為繼承者，兄死弟繼很合情合理啊！」

「希望襲爺會和國姓爺一樣愛護我們！」

「是啊！是啊！」

眾人議論紛紛，沒人注意到一抹人影，靜悄悄的離去。

思明州。

「報！黃安將軍來見。」

「黃安？不是在臺灣嗎？怎麼跑來了？」鄭經聽到黃安來訪，大為詫異。

「世子！大事不好了！」

「出了什麼事？」見黃安如此氣急敗壞，鄭經心中突生不祥的預感。

「藩主日前不幸過世，遺詔由襲爺繼位，布告已經貼出來了。」

「父親遺詔由襲叔繼位！」鄭經大為詫異：「這怎麼可能？」

「千真萬確啊！黃昭、蕭拱宸等人都支持襲爺，我聽到消息就立刻來通風報信了。」

鄭經的親信周全斌說：「國姓爺自小在家裡受到歧視，兄弟不合，不可能把王位傳給鄭襲，一定是有人想趁亂奪權。世子應迅速出兵，把鄭家天下奪回！」

鄭經覺得有理，想趕緊到臺灣鞏固地位，馬上傳令備妥船隊，立即出發，「我們就以招討大將軍世子之

名發兵吧！」

參軍陳永華急忙阻止：「世子，且慢。一定要先禮後兵，出兵才有正當的理由。現在藩主新喪，群龍無首，臺灣的將領請鄭襲代為管理軍民，並沒有過錯。我們應先刺探臺灣將領們的反應，再研擬對策。」

「末將也贊成陳參軍的想法，萬萬不可貿然行事！」周全斌附和。

鄭經才恍然大悟的說：「如果不是二位提醒，我輕率的舉動恐怕要擔誤大事了。」

鄭經轉對禮官鄭斌說：「你到臺灣去傳話，說本世子將率領軍臣到臺灣奔喪。順便觀察臺灣將領們的反應，再回來稟報。」

幾天後，鄭斌回來了。

「世子，黃昭和蕭拱宸兩位將軍說，世子繼承大統本屬理所當然，但世子奉國姓爺之令防守思明州，卻發生有違倫理之事，讓國姓爺傷心的捶胸頓足而死。如此逆父違倫的人，不夠資格繼承大位。他們堅持擁立鄭襲。」

「豈有此理！黃昭和蕭拱宸這兩個狗奴才！」被戳中痛處，鄭經惱羞成怒，破口大罵。

「世子稍安勿躁！」周全斌安撫道：「如此一來，

我們就有理由出兵了。」

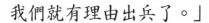

鄭經立刻下令：「事不宜遲，吩咐下去！備妥船隻，出兵臺灣！」

沒有多久，鄭經的船隊已到了鹿耳門。

鄭經看著前方綿延的沙洲，問周全斌說：「我軍將士沒到過臺灣，不熟悉這裡的地形，而你曾追隨父親征戰臺灣，想必對這裡很熟悉。依你看，我們應該從哪一條水路入港登岸呢？」

「稟告世子，安平附近有紅毛人架設的炮臺，黃昭等人一定會派兵把守，我們不能從那裡進入。我看就從潦港和洲仔尾登陸吧！」周全斌建議道：「黃昭和蕭拱宸對臺灣相當熟悉，一定會親自防守這兩個地方，不過這沒有關係。我們可先派人在臺灣各地張貼布告，收攬人心，到時就可以逸待勞了。」周全斌很有自信。

鄭經在周全斌的指點下，派人在臺灣各地張貼布告，向臺灣的軍兵喊話。

告示上寫著：「叔姪本是至親，沒有仇恨。黃昭、蕭拱宸兩人卻暗中策劃，想趁藩主歸天之際趁機作亂，假造遺詔，離間骨肉，蠱惑軍心。各位將士忠心為國，追隨先王十多年，怎麼可能反叛呢？本世子知道你們一定是受到威脅，如果各位悔過，助本世子生擒兩逆賊，共同復興王室，本世子願意既往不咎。」

鄭經希望利用這個布告，離間鄭襲一夥人。這個布告果然發揮作用，大部分將領都持觀望的態度，只有主事者蕭拱宸和黃昭仍然堅決抗命。

隔天一早，港口籠罩著大霧，伸手不見五指，周全斌連忙請鄭經率領軍隊登陸。

「霧這麼濃，可以登陸嗎？」鄭經懷疑的問。

「這是皇天保佑、先王顯靈！這濃霧來的正是時候。」周全斌興奮的說：「黃昭一定會在堤防四周布上大炮，嚴陣以待，這樣我們怎麼登岸呢？乘著大霧，視線不良，我們分散隊伍登陸，黃昭一定措手不及。」

「好！那麼今日諸將登岸，一定要奮力一搏！」鄭經率領大軍進攻。

黃昭陣營沒有料到濃霧中突然殺出勇兵，猝不及防，兵士被斬殺無數，自相踐踏而死者更不可計數。最後，黃昭被鄭經的軍隊射死，餘黨在群龍無首下，士氣大挫。

「黃昭已經死了，你們不用再做困獸之鬥！今日罪都在黃昭和蕭拱宸，與你們無關。世子仁慈，赦你們無罪，可自行散去，斷不可再助紂為虐！」周全斌

對敵方陣營喊話。

黃昭和蕭拱宸的軍隊聽了，果然各自散開，人單勢孤之下，蕭拱宸最後也被活捉。

鄭經很快平定了亂事，掌握臺灣的局勢，和鄭襲見了面。

叔姪一見面，鄭經就對鄭襲說：「叔叔！您被奸人脅迫，一定受了很多委屈吧！姪兒來遲了，還請見諒！」

鄭襲見大勢已去，為了保住一命，只好順著鄭經給他的臺階下：「哪兒的話！要不是你，我早被奸人所害啊！現在，你來了，我正好可以卸下肩頭的重任！」

鄭經對鄭襲拱手一揖，隨即正色下令：「將蕭拱宸斬首！其他人既往不咎！」

眾將士聽到了都很感動，對鄭經心悅誠服。

從此，鄭經正式入主臺灣，翻開歷史的新頁。

一六六四年。

臺灣亂事平定之後，鄭經將安平鎮交給顏望忠鎮守，承天府的兵馬地方軍務則交給黃安負責，自己則率領周全斌、陳永華、馮錫範等人回師廈門。不久，鄭經查到戶官鄭泰和鄭襲來往的信函，懷疑鄭泰和鄭襲勾結，想要捕殺鄭泰。於是鄭經設計以封官名義將

鄭泰引誘到廈門，再趁機將鄭泰囚禁起來，鄭泰在獄中含恨自殺。鄭經還要將領到金門抄鄭泰家，鄭泰的弟弟鄭鳴駿和兒子鄭纘緒不滿，帶著五百艘軍艦和八千餘士兵投降清朝。

鄭泰的弟弟和兒子帶走大批軍力降清，使鄭經在金門和廈門的軍事力量損失逾半，清朝無端獲得強大的水軍，遂大舉進攻金門和廈門，紅毛人因為不甘失去臺灣也起兵助清。在清軍和紅毛人的聯手下，鄭經無力抵抗，失去了東南沿海經營多年的抗清基地金門和廈門，全面退守臺灣。

臺灣新定，人心浮動，常有叛逃情形發生，為了穩定人心，陳永華籌劃了一連串的措施，輔佐鄭經在臺灣站穩腳步。

首先陳永華保留原來的承天府，將天興縣和萬年縣改為天興州和萬年州，並且調整行政機關，任命合適的人才擔當重任，用心耕耘臺灣這塊樂土。

陳永華還對鄭經建言：「挽回軍心最好的方法，就是讓大家覺得身在臺灣，就像身在故鄉。只有安和樂利的地方才留得住人，要安和樂利，則以滿足人民的糧食需求為起點。」

因此，陳永華在臺灣大力推展農業政策。他親往各地，教軍屯田，儲備糧食；並教導百姓煮糖、晒鹽，取土燒瓦，伐木砍竹，興建房舍，使民生物資不再缺乏。

鄭經見陳永華規畫國事井井有條，有感而發的對陳永華說：「幸好一切有您啊！您是鄭軍最年輕的幕僚軍官，父親還曾經讚美您是我朝不可多得的人才。在我小的時候，父親讓您進儲賢館陪我學習，一路以來指導我許多，自從我繼任為藩主以來，內外大事如麻，還好有您從旁輔佐，為我解決各種疑難雜症。我實在不能沒有您啊！」

鄭經告訴陳永華說：「我對開發臺灣實在沒什麼藍圖，不如由您來規劃吧！本王今日就任命您為勇衛，軍國大事委由您辦理，希望您不要辜負我對您的信賴。」

陳永華說：「當年，先王攻陷同安縣時，任命我的父親主持學政，後來，清軍反攻奪回縣城，父親在明倫堂自殺，我帶著母親投靠先王，承蒙先王不棄，讓

我進入儲賢館讀書，一路栽培我，我才能有今天。如今我又怎能不竭盡心力，貢獻所長呢！」

想起英年早逝的鄭成功，陳永華心中無限思念，更加深誓死效忠鄭氏王朝的決心。接任勇衛之職後，陳永華無時無刻不在思索如何將臺灣變成能安身立命的一塊樂土。

在陳永華銳意治理下，臺灣軍民衣食日豐，社會日趨安定。這日，陳永華又有新的構想。

「蓋孔廟？」鄭經挑了挑眉。

「是的，人民已經不愁溫飽，下一步應該要設文廟，推廣儒家思想，提倡文風，進一步設學校培育人才，繼續開發建設這塊樂土。」

「我們在臺灣才剛站穩腳步而已，人口也不多，這件事還是以後再說吧！」鄭經不太同意。

「話可不是這樣說！」陳永華很堅持：「成湯以百里土地封王，文王以七十里土地崛起，土地廣不廣有什麼關係？都是國君好舉賢才，能找到人才幫忙治理罷了。臺灣沃野千里，風俗醇美，如果藩主能舉才治理，那麼十年生長、十年教養、十年成聚，三十年後，我們就能恢復中原，何必怕地方太小呢？」

陳永華繼續說服道：「我們已經不愁衣食，應該來想教育的問題，如果只是讓大家飽食而不教育，那跟禽獸有什麼兩樣？一定要找塊地建孔廟、設學校，培養人才。如果有人才，那麼國家就會穩固，國運就會昌隆了。」

這句「國運昌隆」，簡直是說進鄭經的心坎：「好吧！准你所請，擇地蓋孔廟、設學校吧！」

在陳永華的規劃下，不久，臺灣第一座孔廟在承天府鬼仔埔落成了，孔廟旁還設置明倫堂，是用來教育子弟的地方。

陳永華延請飽學之士，在明倫堂講學，教授子弟。受到陳永華提倡文風的鼓舞，移居臺灣的文人，也開課講學，從此臺灣的文化教育事業日漸興盛。

陳永華對臺灣開發的貢獻還不止如此。

臺灣氣候適合農作物生長，一、兩年後，糧食已不成問題，鄭經進一步想對外開發財源。

這天，鄭經找來陳永華商討如何開源：「陳參軍，在祖父和父親的經營下，鄭家曾是中國東南海權實際的主宰者。父親還在世時，考慮到我軍常面臨軍餉、

糧食不穩定的問題，所以拿下臺灣後，仍希望從中國獲得國際貿易品，竭力保有金門、廈門及海上貿易通路。但父親去世之後，情勢不如以往，金、廈兩島已失，我們沒有辦法做生意。敵視我們、一心想報復我們的紅毛人又處處阻撓，實在不知道如何新闢財源。您有什麼主意可以突破這個困局嗎？」

陳永華回答說：「除了積極開發臺灣，輸出砂糖、鹿皮等物產外，沒有其他的方法。只是現在已經無法和紅毛人合作，最好另闢海外貿易的管道，不如和紅毛人的競爭對手英國人做買賣吧！」

陳永華接著補充：「我們也可以從英國進口臺灣最缺乏的軍火和布料等商品，這是互蒙其利之事。」

鄭經聽了大喜：「好，只要英國願意來設商館，本王同意和他們簽訂通商協定，輸出蔗糖、鹿皮，一切進口貨物只收百分之三的稅。」

「這是個好主意！如此一定會加強英國人來做生意的意願。」陳永華相當贊同：「還請藩主立刻派遣使者去交涉吧。」

幾天後，使者回來了。

「啟稟藩主，英國人對藩主的提議很感興趣，決定來臺灣設立貿易據點，還願意尊稱您為臺灣王。」使者向鄭經報告這個好消息。

「那真是太好了！」鄭經聽了，頗為振奮：「英國人對訓練軍隊頗為在行，希望到時候也能協助我軍訓練，我們也可向他們買些精良的火藥和兵器。」

「說到火藥和兵器，日本一向是我們重要的貿易夥伴，如果能加強與日本的貿易，就可以輸入銅、鉛、盔甲等我軍倚賴的物資。」陳永華提醒。

「好！傳令下去，允許日本商人住在雞籠，以方便雙方來往做生意。」鄭經下令。

陳永華運用他的謀略，不但順利與英國和日本貿易，取得臺灣欠缺的物資，也打響鄭經在國際上的知名度。

第八章 響應三藩渡海西征

鄭成功死後十年，在陳永華日夜不休的努力之下，臺灣逐漸成為一塊樂土，渡海謀生的中國人越來越多，不過，這一個美好的局面，卻因鄭經禁不起三藩的利誘而起了變化。

清朝廷能入主中原，多依賴明朝的降將，其中，就屬吳三桂、尚可喜及耿精忠三人勢力最大。清朝廷為了籠絡他們，將中國南方的土地分封給他們，號為「三藩」。三藩坐大，康熙皇帝早就將他們視為心腹大患，欲除之而後快。後來，尚可喜自請告老回遼東歸隱，上了一道奏章，要求讓他兒子尚之信繼承爵位，留在廣東。康熙批准尚可喜告老，但是不讓他兒子接替平南王爵位，令其全家遷歸遼東。這一來，觸動了吳三桂、耿精忠的敏感神經，他們也上書請求撤藩，想藉機試探朝廷的意思，沒想到康熙又批准了。這下弄假成真，騎虎難下，吳三桂和耿精忠乾脆聯手反清。

某日，鄭經接到一封從中國來的信，攤開一看，原來是耿精忠寫來的。

信中說：「貴藩擅長海戰，而我擅長陸戰，若你、我聯手，你走水路、我走陸路，兩面夾攻，江、浙地區一定唾手可得！若蒙貴藩答應，事成之後，定以全福建沿海戰艦作為謝禮。」

鄭經一時難以下決定，找來將領商議：「耿精忠邀我們加入他們的反清活動，不知諸將有何看法？」

「我們真的要出兵嗎？經過這幾年的休養生息，不必四處征戰，百姓好不容易可以好好休息。才過沒多久的安樂日子，又要興兵打仗了嗎？」陳永華並不贊成出兵。

馮錫範是個武將，沒有戰爭就沒有發揮的空間，極力遊說鄭經出戰：「我認為應該出兵！如果出兵順利，

占領廈門後，就可以重開貿易，到時候商船雲集，重現國際商場的盛況，對於厚植臺灣實力也有幫助。」

「馮將軍說的沒錯，我軍的確應該出兵，如此才可以彰顯本藩的軍威。」

這幾年臺灣發展逐漸上了軌道，令鄭經自滿起來。他自信的說：「這是收復失地千載難逢的好機會。派人送信給耿精忠，就說本藩親自領軍，即日起兵！」他接著下令：「陳勇衛，請您留守臺灣；馮錫範，你率領船隻開路，立刻出發。我隨後與左武衛薛進思、右武衛劉國軒等人攻打廈門，與耿精忠會師。」

一六七三年，廈門。

鄭經進占廈門後，隨即布告四方，在漳、泉一帶募兵，還到暹羅、呂宋等地通商貿易，充裕軍餉。

「派人傳話給耿精忠，說我軍已經準備妥當，隨時可以出兵，請他快點來商討合作事宜吧！」鄭經意氣風發的說。

鄭經將軍隊駐紮在廈門，等待耿精忠前來會合，卻久久不見蹤影，好不容易，終於等到一封信。

「報！耿將軍送信來了！」

「是嗎？」鄭經精神一振：「看看信上寫了些什麼？」

「是！」鄭經的屬下將信展開閱讀，看著看著臉色卻凝重了起來。

「怎麼回事？戰事不順利嗎？不會吧？我聽說耿精忠起兵之後，興化總兵馬惟興、惠安守將提標前營守備郭維藩、知縣彭翼宸、泉州提督王進功等人，在各地剪辮呼應，起事不到一個月，已經拿下整個福建，不可能不順利啊？」鄭經一臉狐疑。

「報告藩主，耿將軍的戰事很順利，只不過……」下屬面有難色，不知道該如何啟齒。

「幹什麼吞吞吐吐的！我自己看！」鄭經一把搶過那封信。

只見信上寫著：「臺灣這個地方這麼偏僻，什麼都沒有，耕種找不到人，伐木找不到山，兵力也不過數千人，船隻也不過幾百艘，只是靠海為生，偶爾出海劫掠搶搶東西，這樣怎麼能成就大事呢？有人勸我早點和你們斷絕往來，免得被拖累。本王也覺得你們兵力太少，不但幫不上忙，反而是個累贅。我們之前說要合作的事情，就一筆勾消吧！」

「可惡的耿精忠！竟敢言而無信！」

鄭經氣極了，立刻派使者去興師問罪：「耿將軍，為什麼您出爾反爾呢？」

沒想到耿精忠卻說：「告訴你們藩主，還是回臺灣去吧！我們各自努力，不要妄想我的資源。」

這番話讓鄭經氣得咬牙切齒：「是可忍孰不可忍！」

鄭經大怒之下，為了證明實力，連續占領海澄、同安、泉州、漳州、潮州等地，氣勢如虹。

耿精忠見苗頭不對，馬上派使者到廈門。

「我們將軍說願意將沿海島嶼送給您，雙方恢復往來，還可以通商貿易。」使者傳遞耿精忠的話。

「漳、泉原本就是本藩的故鄉，耿精忠邀我合作，匡復明室，我不惜千里渡海跋涉，帶領軍隊前來，為的就是要反清復明，我原本很有誠意跟你合作抗敵，沒想到你如此瞧不起人，現在我已經證明了自己有本事獨當一面，為什麼還要跟你合作？」

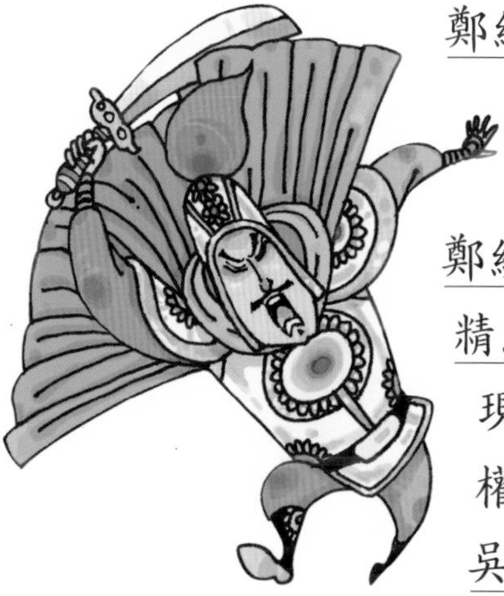

鄭經打了幾場勝仗，現在姿態可高了，拒絕耿精忠求和。

就在雙方僵持不下時，鄭經收到了一封信：「貴藩與耿精忠脣齒相依，理應相輔相成，現在反清大業還沒成功，爭奪權益實在不妥，希望您能給我吳三桂一個面子和耿精忠談和，如果你們能和好，聯手進兵，這樣對天下才是好事啊！」

「原來這吳三桂要當和事佬了，這個臺階我到底下不下呢？」鄭經還在考慮時，耿精忠又來信了。

鄭經有點不耐煩：「耿精忠又說了些什麼？」

「啟稟藩主，耿精忠聽到他的部將又敗給鄭家軍，想必是慌張了，寫信來求和。」屬下報告。

「知道我的厲害了吧！看他以後還敢不敢瞧不起本藩？回封信告訴他求和可以，實現當初的承諾就好。」鄭經老實不客氣的說。

耿精忠不得已，只好回信，並且劃定勢力範圍：「我願意履行當初的承諾，提供貴藩五艘戰船，感謝您出兵相助，雙方以楓亭為界，北方歸我、南方屬貴藩，彼此通商貿易，有事支援，不許相互侵略。」

「這才差不多。」鄭經出了一口怨氣，頗為暢快，才願意和耿精忠修好。

一六七六年，漳州。

「恭喜藩主，出兵相當順利。」

「不僅如此，藩主還車裂*黃梧、黃芳度父子，處死黃家留在漳州的族人，摧毀叛臣洪承疇的祠堂，改祀大學士黃道周，還將洪承疇的眷屬百餘人移居雞籠，真是大快人心啊！」

「是啊！總算一吐先祖被欺凌的怨氣。」鄭經意氣風發的說：「尚之信原本不願加入反清行列，幾個月前，我派許耀、洪羽兩位將軍率領水軍攻打，吳三桂從陸路助攻，尚之信終於乞降，答應加入陣容，也允諾將惠州割讓給我。如今我們已經擁有漳州、泉州、潮州、惠州四府，相信不久便可雄霸一方。」鄭經對未來很有信心。

「藩主勢如破竹，是個好預兆，假以時日，一定能反清復明！」幾位大將說。

正當氣氛一片熱烈的時候，突然聽到屬下來報，汀州總兵劉應麟派使者送信來了。

「劉應麟？我平常和他沒有往來，他派使者來做什麼？」鄭經甚是疑惑：「看看上面寫了什麼。」

只見劉應麟在信上寫著：「耿精忠打算會合吳三桂進攻江南，徵召我出師。但我懷疑耿精忠想藉機剷除異己。只要貴藩幫助我抵抗耿精忠，我願意投靠您，

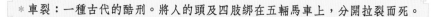

＊車裂：一種古代的酷刑。將人的頭及四肢綁在五輛馬車上，分開拉裂而死。

並且獻出汀州城。」

「汀州城啊！」鄭經陷入道義和利益的天人交戰，他問馮錫範和陳繩武兩位大將：「汀州城這個條件實在是誘人，但我又不能不顧結盟的道義，該如何是好？」

「我認為我們好不容易和耿精忠修復關係，不應該輕易背約。」陳繩武說。

馮錫範卻堅持：「機不可失啊！得到汀州，可圖謀邵武，拿下整個福建就指日可待了。」

聽馮錫範這麼說，鄭經不禁心裡癢癢的，略微考慮了一下便決定：「就聽馮將軍的建議，收劉應麟的降書，拿下汀州吧！」

鄭經貪心，不顧道義，造成鄭、耿同盟再次破局。

耿精忠外有清軍攻擊，內又遭受鄭經奪地，兩軍壓迫下，終於再度投降滿清，和清軍聯手攻擊鄭經部隊，藉以贖反清之罪，懲罰鄭經背棄盟約。

「清軍已經攻打到烏龍江，我快守不住了，請藩主趕緊派人來支援吧！」守將許耀向鄭經求援。

「應該派官階較高的馮錫範將軍領軍，這樣才能振奮人心啊！」有人

這樣建議。

「這關我什麼事呢？」馮錫範恐懼畏縮，竟然不肯上陣，也不派兵前往支援，眼睜睜看著烏龍江慘敗。

清軍乘勝追擊，步步進逼，鄭軍將領劉進忠叛鄭降清，劉國軒也吃了敗仗。鄭軍節節敗退，失去了先前占有的所有土地。

鄭經一連打了幾次敗仗，原本打算堅守廈門，但是清朝廷揚言大舉進攻，鄭軍人心惶惶，早就無心戀戰。

「朱天貴呢？叫他來見我。」鄭經忙著找負責訓練水軍的將領。

「藩主！不好了！朱將軍帶著二萬兵力，三百艘船隻投降韃子了！」屬下卻傳來這樣的消息。

「什麼！朱天貴這混蛋！居然敢背叛我！這樣韃子的水軍實力豈不大增？我還有什麼籌碼和他們作戰呢？」鄭經震驚的跌坐在椅子上。

鄭經心知大勢已去，只好再次退守臺灣，多年的奮鬥化為一場空。

第九章 臺灣政變克壞即位

一六八〇年，臺灣。

鄭經渡海西征之後，將臺灣的事務委託給陳永華處理。陳永華相當受到鄭經的信任，鄭經還讓他的長子鄭克壓娶了陳永華的女兒。鄭經不在臺灣的時候，鄭克壓擔任監國，代替他的父親主持國事，也對陳永華相當信賴。陳永華兢兢業業，經營臺灣有成，夜不閉戶，百姓安居樂業。

「我們會過得這麼富足，一切都是陳勇衛的關係。」馮錫範回到臺灣之後，常常聽到這樣的話。

馮錫範想到陳永華擁有重權，又有個擔任監國的女婿鄭克壓，率領的勇衛軍驍勇堅強，施政有為有守，深受大家敬重。反觀自己西征敗北，幾乎全軍覆沒，受到不少譏笑。馮錫範每每聽到有人讚美陳永華，就相當嫉妒，總是喃喃的說：「哼！陳永華有什麼了不起！不過是個手無縛雞之力的書生罷了，我一定要想辦法給他好看。」

一日，馮錫範故意對陳永華說：「我隨著藩主渡海西征，無功而返，卻仍占原來的位置，實在是覺得很愧疚，我想辭去職務，告老還鄉。」

陳永華聽了深深感動，心想：「最令人頭痛的武夫馮錫範都懂得知所進退，藩主已經班師回朝，我也應該辭職交棒，還政給藩主。」

隔天，陳永華向鄭經提出辭官解除兵權的想法。

「陳勇衛，您確定要辭官嗎？臺灣少不了您啊！」鄭經一點都不想批准。

馮錫範卻在一旁幫腔：「永華兄辛苦了這麼多年，您看他近來臉色越來越差，需要好好休養。請藩主以永華兄的身體為重，成全他吧！」

「這樣啊——那就准了陳勇衛的請辭，」鄭經勉為其難解除陳永華的職務：「您管轄的勇衛軍全部交給劉國軒吧！」

幾天後，陳永華發覺馮錫範竟沒辭官，才知上當，悔恨不已，最後竟抑鬱而終。

陳永華就像鄭經的人生導師，他的去世帶給鄭經不小打擊，加上西征失利，讓鄭經意志消沉。他將國事全交給鄭克壓，自己在洲仔尾建造一座美輪美奐的

花園，每天在裡面飲酒作樂。原本，鄭經擔心鄭克塽太年輕，思慮不夠周延，曾暗中令人取來鄭克塽批閱過的公文來看，見鄭克塽國事處理得宜，心想後繼有人，便更加沒有顧忌，完全不理政事。

很快的，新的一年即將到來。

「好幾年沒在臺灣過年了，今年的新年特別有意義，我想在元宵節時舉辦燈會慶祝慶祝。」鄭經突發奇想。

「那麼我立刻傳令要百姓們架設元宵燈棚給您欣賞。」將領張日曜巴結說。

「好好！就這麼辦！」鄭經相當開心。

鄭克塽聽到消息後，不希望因父親一人享樂而勞民傷財，勸鄭經收回成命：「臺灣偏僻海外，地形狹窄，民眾生活貧苦，經過幾年戰爭，早就民不聊生。探子好幾次來報，說清朝廷早就備妥戰艦，隨時都會打過來。父親您何必為了幾天的歡樂，浪費民間的資源呢？為了國家的未來，希望您能以身作則，崇尚節儉。」

「壢兒說得很有道理，不愧是我兒子，真是能夠鞏固國家根本的人才。」鄭經從善如流，停止舉辦元宵燈會：「我自己在洲仔尾的庭園內擺宴助興就好。」

後來，鄭經縱慾過度，終於病倒了，鄭克壢衣不解帶，日夜不休的在鄭經病榻前照顧，親自服侍湯藥。

鄭經知道自己不久於人世，臨終前，召來幾位親近大臣。他不捨的對劉國軒說：「我和你患難與共，本想恢復大明故土，沒想到功敗垂成，而今日就要分別了！」他指著鄭克壢說：「這個孩子很有才幹，是鄭家的希望，期盼你能好好輔佐他，這樣，我死也可以瞑目了。」

劉國軒跪著說：「藩主，您只是身體不舒服，好好調理一定會痊癒的。我也一定會盡力輔佐世子，不會有二心。」

鄭經點點頭，又對馮錫範說：「我的時間到了，希望你能夠和國軒一起輔佐世子。」說完不久，鄭經就過世了。

「父親——」鄭克壢傷心難過的大哭一陣後，強打起精神，為鄭經準備後事。

董太夫人得到消息後，也帶著鄭聰、鄭明、鄭智、鄭柔四個兒子，以及鄭經的次子鄭克塽前來。

馮錫範當著董太夫人的面，對鄭克壓說：「儲君應該依禮盡孝，還請您節哀順變。」接著，又對禮官說：「好好籌備喪禮，不得延誤。」

馮錫範所作所言，看似遵守鄭經的遺言。沒想到，當天晚上，馮錫範卻找劉國軒商量說：「監國是乳娘所生，並非嫡子，怎麼能繼承王位呢？」

「這是先王遺詔，豈可違逆！」劉國軒不贊同馮錫範的言論。

「我自有打算，你不用過問。」馮錫範拂袖而去。他歹毒的想：「最好是可以擁立克塽為藩主，他年幼可欺，有什麼話都好商量，到時候我豈不是呼風喚雨？」

隔日。

馮錫範找了鄭聰、鄭明、鄭智、鄭柔，對他們說：「自古以來，繼承大統還有嫡、庶的差別，鄭克壓是乳娘所生，我認為他沒有資格坐藩主的大位！」

鄭經渡海西征這段期間，鄭聰四兄弟仗勢欺人，強占民宅，都被鄭克壓制止，他們雖然不敢輕舉妄動，但早就看鄭克壓不順眼了，馮錫範的說法正中他們下懷。

鄭聰說：「馮將軍講得真是太有道理了，鄭克壓是乳母所生，是不是大哥的孩子都不知道呢！他仗著大哥對他的寵愛，便如此狂妄，如果讓他繼位，對臺灣一定沒有好處。」

「如果要立藩主，應該要立塽兒才對，塽兒是正室所生，是名正言順的繼承人！」鄭明接著說。

「我就是因為這樣來找你們啊！不知道太夫人怎麼想？」馮錫範進一步說。

鄭聰說：「太夫人這邊交給我們兄弟來說服吧！」

和馮錫範取得共識之後，鄭聰四人立刻去找董太夫人，信口雌黃的說：「對於新藩主的人選，聽說將士和百姓們都很不滿，群情激憤呢！」

「為什麼會這樣呢？」董太夫人吃驚的問。

「因為監國並非鄭家的血脈，人心不服啊！」鄭聰打蛇隨棍上，造起謠來。

「會嗎？克壓管理政事已經兩年多了，官民心悅誠服，怎麼可能有這種事情呢？」董太夫人不太相信。

見母親不相信，鄭聰又說：「眾人買克壓的帳，那是因為大哥還在的緣故，現在大哥不在，克壓已經無法獲得人民的支持了。母親您如果不相信，可以找馮錫範和劉國軒兩位將軍來問問。」

「真的是這樣嗎？」在半信半疑下，董太夫人派人找馮錫範和劉國軒來問話。劉國軒忌憚馮錫範，只好裝病沒有赴會，只有馮錫範來了。

董太夫人問：「馮將軍，聽說軍民對克壓擔任藩主很不服氣，是真的嗎？」

「這是真的，軍民認為監國並非藩主真正的血脈。」馮錫範以假亂真，讓董太夫人的疑慮更深。

鄭聰四兄弟又在旁邊加油添醋說：「請母親改立克塽吧！他才是大哥的親生兒子啊！如果讓克壓繼位，官民群情激憤，聯手叛變，到時後悔就來不及了。」

這下董太夫人也為難了，一時不知該如何是好：「這事牽涉範圍很廣，讓我再想想，你們都下去吧！」董太夫人揮手要他們離去。

馮錫範怎肯就此罷休，這夜，找來鄭氏四兄弟暗中計畫。

「啟稟監國，太夫人派人傳話，說要見您。」

「祖母要見我？好！說我馬上過去。」鄭克壓不疑有他，隨即出發見董太夫人。

「太夫人與監國祖孫兩人要聊一些親密的話，不相干的人就不用跟了。」鄭聰找了一個藉口，將鄭克壓的侍衛擋在門外。

沒想到，鄭克壓才走到庭院，就見到鄭聰四兄弟，身邊還跟著馮錫範的侍衛蔡添，手中一把大刀亮晃晃的，來勢洶洶。

鄭聰不客氣的對鄭克壓說：「你不是鄭家的血脈，有什麼資格繼承大位？」

鄭克壓生氣的說：「你胡說什麼！父親臨終前親口指定我是繼承人，這件事是大家都知道的。如果軍民們認為我沒有資格繼承，我願意將這個位子讓出，絕不會貪戀。」

他的叔叔們奸笑說：「我們奉了太夫人的命令前來抓拿你！」

「難道你們要殺我？」鄭克壓大驚。

鄭克壓話還沒說完，蔡添就一刀刺入他的腹中，而他心狠手辣的四位叔叔，接著用木棒將他打死。此時，鄭克壓才十八歲，距離他父親鄭經去世才過兩天。

鄭克壓的侍衛在外面聽到聲響，趕來察看，卻看到鄭克壓已經躺在血泊中，大驚之下，只得回到監國

府，將這件事情告訴鄭克壓的妻子陳氏。

陳氏與鄭克壓相當恩愛，此刻正懷有身孕，聽到消息簡直是晴天霹靂，痛不欲生。

陳繩武聽到消息也趕來了，無奈的對堂妹說：「事情既然已經發生了，就節哀順變吧！」

陳氏說：「你陪我進府，我要見太夫人！」

另一頭，董太夫人得知鄭克壓的死訊，也感到相當震驚：「我原先想如果克壓不是經兒的血脈，頂多撤掉他的繼承資格就好，怎知他的叔叔們這麼狠心，居然痛下殺手！」

董太夫人正在懊悔不已時，陳氏來見。

陳氏見到董太夫人，哭著跪在她面前：「監國究竟犯了什麼罪，要這樣對待他？」

「他的叔叔們認為他不是藩主的親生兒子，說軍民對他不服。」董太夫人無奈的說。

「如果不是鄭家血脈，沒有資格繼承藩位，把他貶為平民就好，為什麼要痛下殺手？」陳氏悲戚的問。

面對陳氏的指責，董太夫人也為之語塞，只能說：「事已至此，如果妳有什麼要求，就儘管說吧，我會盡量做到的。」

陳氏再也忍不住痛哭：「請夫人讓我為監國收屍！

我生是他的人，死也要與他在一起！」

陳氏將鄭克壓的遺體帶回官邸，整天望著遺體痛哭，悲痛萬分，滴水不進。

董太夫人聽說了陳氏的情況，便找人勸她說：「妳還是保重身體，好好把孩子生下來，不管生男、生女，太夫人答應一定會好好照顧他。妳就不要再難過了。」

「監國已經是成年人，太夫人都不能保護了，更何況是一名嬰兒呢？」陳氏對嬤嬤說：「請您回去告訴太夫人，讓我們一家人在地下相聚吧！」

董太夫人只好命人搭個臺子，讓陳氏以死相殉。

陳氏帶著哀痛，緩步走上搭建好的高臺，在接受文武官員的跪拜，與兄弟們道別之後，從容的投環自殺。

「真的好可憐啊！怎麼會這樣呢？這不是一屍兩命嗎？」在場的百姓看了很不忍心，紛紛流下淚來。

「陳氏真不愧是陳勇衛之女，和父親一樣忠義節烈啊！」

臺灣百姓都為鄭克壓一家的悲慘境遇同情落淚，悲嘆不已，慨嘆臺灣失去一位勤政愛民的領導人。

剷除陳永華和鄭克壓翁婿之後，馮錫範和鄭聰便

以「舉國難安，軍心不穩」為由，逼迫董太夫人寫下詔書，立鄭克塽為新藩主，由鄭聰輔政。

鄭克塽即位時，年僅十二歲，鄭聰雖有輔政公之名，但為人懦弱怕事，實際政事操縱在馮錫範之手。馮錫範擁立鄭克塽即位有功，被封為忠誠伯，獨攬大權，革去陳繩武的職位，陳家在鄭氏王朝全然凋零。董太夫人因間接導致鄭克壓一家三口喪命，怨嘆鬱悶之下，一病不起，不久便因病過世。

從此，鄭氏王朝完全落入馮錫範之手。

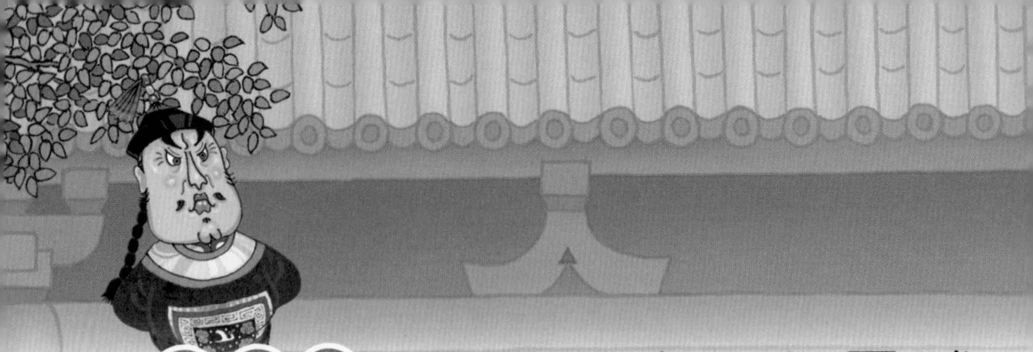

第十章 施琅征臺王朝覆滅

泉州。

「報！您派去臺灣刺探軍情的人回來了。」

「喔？快叫他進來！」大清閩浙總督姚啟聖見來人忙問：「有什麼新消息嗎？」

「稟告大人，鄭經病死，奸人趁機弄權，害死鄭克壓，董氏也已經去世。」

「真是天大的好消息！」姚啟聖大為振奮：「這一定是鄭氏即將滅亡的前兆，機不可失，我立刻奏請皇上，擇日派遣大軍攻打臺灣。」

當鄭經西征失利退回臺灣時，姚啟聖就有趁勢進攻臺灣的計畫，但顧慮三藩問題還未完全解決，決定暫緩進攻行動。直到現在才再度萌生攻打臺灣的想法。

只是，該找誰來擔當攻打臺灣的大任呢？

此時，姚啟聖腦海中浮現一個人影。

「臣認為能夠滅亡鄭氏的人，除了施琅，不作他想。」姚啟聖在給康熙皇帝的信中這樣寫著。

施琅降清後，為了報仇雪恨，曾經向康熙皇帝請命，率領船艦攻打臺灣，沒料到半途遇上颱風，無功而返。後來，康熙皇帝覺得攻臺勞師動眾，耗費無數資源，於是乾脆裁撤水師提督，燒燬戰艦，不再投入軍力，也不再談及征討臺灣之事。施琅失去兵權後潦倒不堪，靠妻妾變賣飾物及做女紅*維持家計，一晃眼就過了十七年。

由於姚啟聖的推薦，康熙皇帝召見施琅，詢問他對平臺的看法。施琅等這一刻已經等得太久了，立即對康熙皇帝侃侃而談他的奇謀異策，言之有物，條理井然，讓康熙皇帝聽了大為歡喜，立刻冊封施琅為福建水師提督，統籌平臺事宜。

施琅認為澎湖是臺灣的門戶，攻臺首先應取澎湖。對水軍訓練、領兵打仗施琅很有把握，但對臺灣地形的不了解，卻讓他煩心不已。恰巧有個叫做陳昂的人，剛從臺灣回來，對臺灣的一切非常熟悉。施琅趕緊召見他，詢問臺灣的情形。

陳昂對施琅說：「鄭經死後，奸臣把持朝政，違法亂紀，軍心早已渙散，一聽到提督您奉了皇上的旨意

*女紅：女子所做的針線、紡織、刺繡等工作。

攻臺，個個相當驚恐啊。」

施琅吃驚的說：「他們這麼快就知道攻臺的消息了？」

陳昂說：「鄭氏早就探得消息，已經備妥所有的船隻、戰艦，命令有眷屬的將士到澎湖禦敵，他們的眷屬則全部遷往紅毛城和赤崁城，防止陣前脫逃。至於那些沒有家眷的將士，就負責防守比較不重要的地方。」

施琅低聲的說：「這樣啊！已經有所防備了……」

陳昂繼續說：「提督不用太過煩惱。據我所知，臺灣從前年開始，作物歉收，存糧不足，加上賦稅繁重，所以人民早已心生不滿。至於軍心渙散，就不用多說啦！我們一定可以輕易攻下澎湖；占了澎湖，那麼要拿下臺灣就輕而易舉了。」

施琅問：「他們在港口設了炮臺，我們的船隊要進攻不是很困難嗎？」

「其實，劉國軒最在意的就是媽祖宮、東西峙、內外塹等幾個地方，至於其他小島，卻沒有

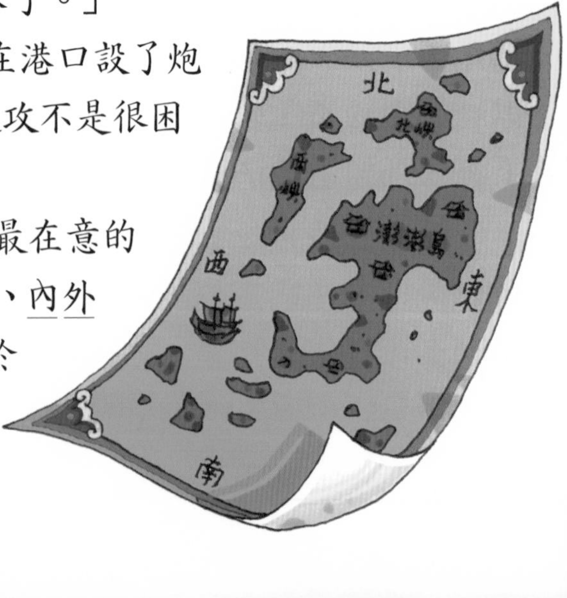

派兵駐守，我們的船隊可以停泊在那裡，再登陸進攻。」

陳昂剖析局勢精確，又對臺灣瞭若指掌，於是施琅任命陳昂為督理坐駕，決定擇日攻打臺灣。

一六八三年。

一接獲施琅即將攻臺的消息，劉國軒立刻整備軍隊到澎湖坐鎮，但過了不久，便發現一個嚴重的問題：澎湖資源有限，無法長久維持軍隊龐大的開銷。於是劉國軒趕緊請求鄭克塽的支援。

鄭克塽感到很苦惱，這幾年五穀歉收，國庫空虛，實在沒有辦法支付如此龐大的軍需。他召來眾官商議：「劉將軍說，澎湖糧食不夠，恐怕無法防禦敵人，不知道各位有什麼辦法？」

馮錫範說：「有土就有財，可以向百姓加徵稅賦，這樣就不用怕沒錢了。」其他官員心裡雖然覺得不妥，但礙於馮錫範的威勢，只能附和。鄭克塽無計可施之下，也只好依馮錫範所言，下令徵稅。

劉國軒聽到鄭克塽要加稅，大吃一驚，連忙寫信回臺灣阻止，希望以國庫來支出戰爭的費用，不要再增加人民的負擔。

鄭克塽將劉國軒的陳情書拿給馮錫範看，沒想到馮錫範看了之後，只淡淡的說：「官兵護衛百姓，百姓供養官兵，是理所當然的事。現在國庫空虛，如果不從百姓那裡拿，要從哪裡拿？」

鄭聰也說：「我認為馮錫範講得很有道理，現在正是關鍵時期，百姓為國家盡點心力，也是應該的。」

「這樣啊——那好吧。」鄭克塽無法作主，只能點頭答應了。

為了從百姓身上挖出更多錢，工官楊賢甚至上奏：「為了籌備財源，臣建議丈量所有村落民舍，如果有民舍超過範圍，就要加倍納稅。」

這麼離譜的建議，鄭克塽居然還答應了。

百姓知道之後，只能無奈的把房子拆掉，因為他們再也無力支付朝廷課徵的稅目了。

一六八三年，澎湖。

臺灣本土民心不安，軍心動搖，局勢相當危險。這日，劉國軒在澎湖接獲軍報：大清軍兵在銅山集結。劉國軒下令築堤防禦，但對施琅是否真會進攻，感到懷疑：「這個季節風向難測，施琅熟悉海防事務，怎麼可能突然起兵？依我看，不過是虛張聲勢罷了！」

沒想到，幾天後真的接悉哨船的報告，說海面上出現大批清軍船隻。劉國軒不敢大意，立刻派人將大炮移至海岸，防守各大重點地域。

隔天，清軍殺到澎湖，劉國軒親自在港口督戰。清軍先鋒藍理率先衝入鄭軍船陣，擊沉多艘戰船。兩軍交戰不久，海面開始漲潮，清軍船隻被海潮沖向岸邊，互相衝撞，未能保持好戰鬥隊形，鄭軍趁勢包圍，集中火力轟擊。

在旁觀戰的施琅見狀，率領船艦衝擊鄭軍戰船，打算救同伴脫困，卻反而陷入重圍。激戰之中，施琅被一發流彈擊傷右眼，眾人連忙搶救，殺出一條血路。施琅急忙下令撤退，鄭軍將領想要領兵追趕，但是劉國軒擔心清軍有埋伏，不敢追擊，下令鳴金收兵。

施琅豈是膽小怕戰之人，撤退不過是誘敵之計，沒想到被劉國軒識破。等不到敵軍追來，施琅嘆了一口氣說：「怎麼就這樣收兵了呢？看來劉國軒這傢伙真有兩下子，想打敗他恐怕得多花費一些工夫了。我還是先想辦法招降他吧。」

施琅派人帶信給劉國軒，很快的就收到劉國軒的

回信：「閣下本來是明室的臣子，明室滅亡後跑來依附我們，卻又叛變降清，一個臣子居然服侍過三個主子，真是太不知廉恥了。我的君主存在我就存在，君主滅亡我就滅亡，背叛君主是天理不容的行為，即使是畜生都不忍做，難道我連畜生都比不上嗎？」句句尖酸諷刺。

施琅也不甘示弱：「既然你敬酒不吃，就等著吃罰酒吧！兩兵正面對決，鹿死誰手很快就知道了！」

這天，烏雲籠罩，天候不佳，施琅對上天祈禱說：「皇天在上，請您憐憫沿海的居民，他們已經受苦很久了！希望您不要在這時候下起暴雨！請您保佑施琅成功攻臺，解救百姓！」

上天似乎特別眷顧清軍！施琅話才說完，突然響起一聲巨雷，施琅開心的說：「俗話說，一雷止九颱，真是天助我也！」清軍士氣大振。

開戰之初，海面吹西北風，波濤洶湧，清軍逆風而行，倍感吃力。劉國軒以逸待勞，連連用炮火猛轟，擊沉幾十艘清軍船艦，原本以為勝利在望，沒想到，海上氣候變幻無常，中午過後，響起一陣大雷，雷鳴聲歇之後，居然轉吹起南風，形勢急轉直下。

鄭軍的船艦因風向改變，來不及轉向而相撞，無情的巨浪將鄭軍的船艦瞬間吞沒，處於迎風逆水狀況的鄭家水軍，逐漸力不能支，最後被清軍打得落花流水，全軍覆沒，劉國軒則趁亂狼狽逃回臺灣。

一六八三年，臺灣。

鄭軍慘敗的消息很快傳遍全臺，一時間，風聲鶴唳，人心惶惶。

施琅拉攏鄭軍的將領當內應，在軍中散布：「為了打仗，臺灣早就缺糧，今天吃飽飯，明天不知道還有沒有得吃？聽說施琅將軍派人發放衣服和糧食給投降的士兵，並下令免除降兵三年的賦稅和差役，想回臺灣的士兵，一律無條件放行。投降的條件這麼優渥，我們還要繼續作戰嗎？」

這樣的耳語每天都在鄭軍軍營中散播，軍中人心渙散，逃兵與日俱增，馮錫範除了命令駐守各個重要港口的將領嚴加戒備外，實在也沒有什麼好方法遏止。

眼見大勢已去，眾將領議論紛紛。

建威中鎮黃良驥說：「澎湖是臺灣的門戶，今日澎湖失守，門戶洞開，臺灣形勢已非常危急，勢必得另尋後路啊！或許可以退到呂宋去！」

提督中鎮洪邦柱支持說：「建威中鎮的意見真是太

好了，我願意做先鋒，進攻呂宋！」

鄭克塽還沒下決定，馮錫範便搶先說：「以我們軍隊的實力，要拿下呂宋輕而易舉，只是不知當地的狀況如何？」

鄭德瀟拿出呂宋的地圖說：「呂宋位在南海，南北綿延數千里，與清軍距離又遠，是我們移兵的好地方。那裡物產豐饒，四季皆適合種植，富裕程度不輸中國。國姓爺在的時候，也曾試圖攻打呂宋，後來忙著開墾臺灣，無暇他顧。鄭經藩主原本也打算起兵進攻呂宋，後來因加入三藩反清，軍隊移師廈門而作罷。呂宋的軍隊只有幾千人，僅靠著城門上的幾門大炮防禦罷了！因此，我建議攻取呂宋是為上策！」

馮錫範聽了鄭德瀟的分析之後大喜：「你說的真是有道理！我們盡快備妥船隻，等待時機，攻打呂宋。」馮錫範自作主張，完全不把鄭克塽放在眼裡。這樣的囂張行徑，讓百姓開始懷疑他居心不良，民間開始流傳：「聽說馮錫範他們要搜刮民間的財物之後，自己逃跑！」

這謠言很快傳到朝中，劉國軒知道之後，勸馮錫範說：「攻打呂宋若能成功，固然是一件好事，但現在澎湖已經丟了，人心思變，還是讓民眾過穩定的生活比較好吧！」

澎湖一戰，讓劉國軒領教到清軍的實力，現在臺灣人心惶惶，絕非清軍對手，於是他提議：「大家的意志都瓦解了，怎麼再戰？不如獻出版圖投降吧。」

如果投降清朝，不就成了籠中鳥？馮錫範不肯失去權勢，想到呂宋東山再起，他說：「劉將軍，你這樣講就不對啦，我們兩人深受寄託，一旦投降，豈不是落得萬世的臭名嗎？」

劉國軒說：「請您三思啊！戰爭的結果很難預料，投降的話可避免無謂的犧牲啊。」

劉國軒轉而說服鄭克塽：「自古以來，能掌握時勢的人才有辦法成功，現在大勢已去，就應該聽從天命，請藩主盡快寫下降書，派人到澎湖投降吧。」

鄭克塽也擔心，一旦臺灣失守，可能被滿門抄斬，不如盡早投降，還有活命的機會。

考慮再三後，鄭克塽說：「本藩尚且年輕，不懂軍國大事，繼位不久，祖先的基業就毀在我手中，我感到很內疚。但現在局勢如此，如果還頑固不投降，恐怕會招來更多禍患；如果我獻出版圖投降，大清仁慈，一定不會多加追究。」說完，他轉頭對馮錫範說：「我決定投降大清，你不要再多言。」

鄭克塽寫下降書，派人送給施琅。

不久，便收到施琅的回信：「如果早在澎湖戰役尚未結束前就投降的話，我或許會與督撫聯合上書皇上，為你求情。但現在澎湖這個重要的門戶已經被我軍攻破了，你才想稱臣，不是太晚了嗎？如果你是真心要降，就叫馮錫範和劉國軒到我面前，跪獻臺灣地圖與人口資料，我再上書請求皇上裁奪。」

劉國軒對鄭克塽說：「現在情勢危急，如果讓施琅攻到臺灣，後果難以預料，我願冒死前往！」

鄭克塽聽了劉國軒的意見，又寫了一封信給施琅，表示投降的誠意，馮錫範見鄭克塽心意已決，也只好同意了。

信上寫著：「竊臣從小生活在海外，懵懂無知下接受王位，今已深切反省悔悟！皇上心懷慈悲，如果能饒恕竊臣之罪，竊臣必定肝腦塗地作為報答。現附上延平王印一顆、武平侯劉國軒印一顆與忠誠伯馮錫範印一顆，由劉國軒、馮錫範親奉臺灣版籍地圖、人民的資料。臺灣數千里封疆，百餘萬戶口，無條件納入大清版圖。」

隔天，馮錫範和劉國軒將降書送往澎湖，交到施琅手中。施琅確定鄭克塽等人是真心想投降後，便派遣使者帶著告示到臺灣，公告軍民百姓薙髮：「為了表示臺灣地方軍民受撫之心，命令官民即刻薙髮，百姓可以獲得安撫，兵丁可以恢復農籍，各自安居樂業。」

幾天後，施琅到臺灣正式接受鄭克塽的投降。鄭克塽、劉國軒、馮錫範等人，帶著文武官員，搭小船親自到鹿耳門迎接。施琅見他們態度恭敬，也回之以禮，還下令禁止清軍騷擾百姓。百姓作息一切如常。

施琅登上高臺，看著鄭克塽、馮錫範、劉國軒等人在他面前薙了髮，欣慰的想：「總算是不負聖命，拿下臺灣。」

施琅順利接收臺灣之後，帶了三牲素果，到鄭成功的墳前祭拜。

六十三歲的他望著墓碑上的刻字，深邃的目光彷彿穿越幾十年的時空，往事歷歷浮現眼前。

施琅想起，年輕時仰慕鄭成功的軍威，加入他的抗清軍隊，成為鄭成功的得力助手；多年以後，卻以花甲之齡領兵攻臺，一手結束鄭成功親自建立的王朝。

世事的變化，讓施琅悲嘆不已。他在墳前感嘆的說：「您到臺灣之後，臺灣才有大規模的拓墾，臺灣有今日，是因為有您。您治軍嚴謹，有誰可以撼動？施琅依賴大清天子威靈，以及海軍的幫忙，才有辦法收復臺灣。我曾經跟在您的麾下，與您有段美好的時光，但您卻不分是非，滅我全家。如今我幫助清朝攻臺，不僅是盡臣子的義務，也為了報我滅門之仇啊！現在我已順利收臺，我們兩人的恩怨總算可以告一段落了！」

說完之後，施琅淚流不止，對著鄭成功的墳墓再三祭拜，了結與鄭成功糾葛多年的恩怨。此時，他的心中早已無恨，有的只是卸下心頭重擔的輕鬆。

大清帝國將臺灣納入版圖後，對平臺將領論功行賞，第一功勞者當然是福建水軍提督施琅，被封為靖海侯。

不久，鄭克塽、馮錫範等人渡海到北京，康熙皇帝分別授予他們爵位，並賜予他們宅邸，讓他們居住在北京。

從鄭芝龍以來，縱橫中國東南海域的鄭氏王國，自此結束，臺灣換了一個主人，邁入另一個新的階段。

臺灣外記——鄭氏王朝興衰史

讀完了《臺灣外記》，你對臺灣早年發展的歷史是不是多了一點了解呢？動動腦，想想下面的問題吧。

1.你覺得施琅是個好人還是壞人呢？為什麼？

2.鄭成功和施琅都曾經因為颱風而打了敗仗。你知道颱風大多在什麼季節侵襲臺灣嗎？為什麼呢？

3.鄭成功收復臺灣之後，開始派遣將士在各地屯墾，「左營」、「前鎮」就是因為這樣而得名的。查一查，臺灣還有那些地名和明鄭時期的屯田有關？

____

____

____

4.你知道明鄭時期的臺灣地名，分別是指現在的哪裡嗎？

笨　港・	・臺南永康
雞　籠・	・雲林北港
大　員・	・赤崁樓
洲仔尾・	・安平古堡
普羅民遮城・	・基　隆
熱蘭遮城・	・臺南安平

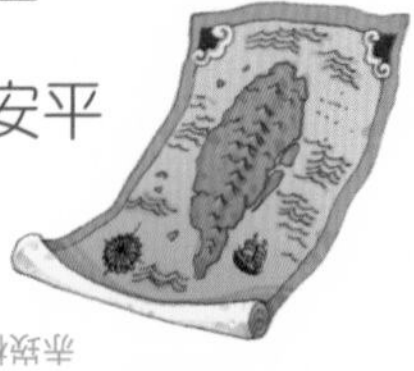

3.高雄鹽埕、仁武，臺南左鎮、新營、林鳳營、六甲、官田
4.笨港→雲林北港、雞籠→基隆、大員→臺南安平、洲仔尾→臺南永康、普羅民遮城→赤崁樓、熱蘭遮城→安平古堡

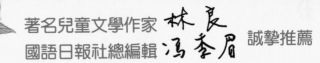

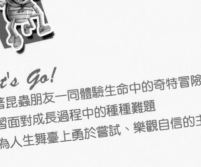

國家圖書館出版品預行編目資料

臺灣外記／林佩欣編寫;簡志剛繪.－－初版一刷.－－
臺北市: 三民, 2011
面;　公分.－－(兒童文學叢書／小說新賞)

ISBN 978-957-14-5474-0　(平裝)

859.6　　　　100004850

© 臺灣外記

編寫者	林佩欣
繪者	簡志剛
責任編輯	莊婷婷
美術設計	李唯綸
發行人	劉振強
著作財產權人	三民書局股份有限公司
發行所	三民書局股份有限公司
	地址　臺北市復興北路386號
	電話　(02)25006600
	郵撥帳號　0009998-5
門市部	(復北店) 臺北市復興北路386號
	(重南店) 臺北市重慶南路一段61號
出版日期	初版一刷　2011年4月
編號	S 857490

行政院新聞局登記證局版臺業字第〇二〇〇號

ISBN　978-957-14-5474-0　(平裝)

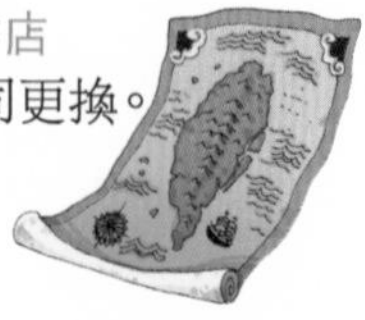